교실을 나간 선생님

교실을 나간 선생님

전아리 지음

팀

사랑하는 나의 동생에게

차례

수영

· · ·

나는 꼭 '인사'를 되찾을 거야

선생님이 교실을 나간 지 벌써 일주일째다.

어른스럽게 이런저런 사정을 설명하고 학교를 그만둔 게 아니다. 몸이 아파서 어쩔 수 없이 병가를 내고 잠시 자리를 비운 것도 아니다.

말 그대로, 선생님은 수업 도중 교실을 뛰쳐나갔다. 모두들 황당한 표정으로 선생님이 열고 나간 교실 문을 멍하니 바라만 보았다. 헐렁한 신발 뒤축이 타닥타닥 복도 바닥에 부딪치는 뜀박질 소리가 멀어지다가 아예 들리지 않게 되어서야 교실 여기저기서 웃음소리가 터져 나왔다.

"내일 쪽팔려서 어떻게 나오려고 저런대?"

해란이가 파우치를 꺼내며 한심하다는 듯 말했다.

"이번 판은 박해란 승!"

호들갑 떨기 좋아하는 해란이 짝꿍이 옆에서 킬킬거리며 맞장구쳤다. 선생님으로서 자격 미달이야, 저렇게 마음이 약해 빠져서 어떻게 우리를 가르친다고……. 다들 한마디씩 거들며 핸드폰을 꺼내거나 삼삼오오 모여 수다를 떨기 시작했다. 해란이는 다홍빛 립글로스를 아랫입술에 톡톡 찍어 바르고 있었다. 맨 앞자리에 앉아 교실을 둘러보는 나와 눈이 마주치자 그 애는 빛나는 입술을 달싹이며 "뭐?"라고 시비를 걸듯 물어 왔다. 나는 말없이 시선을 돌려 버렸다.

보나 마나 내일이면 단정한 미소를 지으며 다시금 우리 앞에 나타나겠지. 성적이 전부는 아니라는 둥 깨어 있는 어른인 척 불편한 이야기를 꺼내면서. 이번엔 또 어떤 썰렁한 농담으로 보는 우리를 민망하게 하려나. 애초에 다른 반 담임 선생님들처럼 적당히 위엄 있게, 어른스러운 모습을 보여 줬더라면 이런 일은 없었을 거다. 선생님'씩'이나 되어서 반 학생, 그것도 한 성깔 하기로 유명한 박해란이랑 애처럼 말싸움을 한 건 명백히 선생님의 잘못 아닌가?

문제의 시작은 고작 아이라인, 그 가느다란 선 한 개였다. 중학교 3학년에게는 값비싼 브랜드의 아이라이너. 쉬는 시간에 반 애들을 모아 놓고 아이라인 그리는 기술을 전수하던 해란이가 미처 화장을 지우기도 전에 울린 수업 벨 소리. 담임 선생님의 수업 시간이라 만만하게 생각했던 해란이의 태도. 광고하던 대로 폭풍우가 몰아쳐도 지워지지 않는다는 아이라이너의 지속력. 한쪽 눈에만 아이라인을 그린 채 앉아 있는 해란이의 눈을 고새 포착한 선생님의 끝내주는 시력.

당장 지우고 오라고 꾸짖거나 벌점을 줬더라면 조용히 넘어갈 수도 있었을 텐데.

"푸하하!"

선생님이 해란이를 가리키며 웃음을 터뜨렸다.

"미술 시간에 매번 잠만 잘 때부터 알아봤어. 선 삐뚤빼뚤한 거 봐라!"

반 아이들은 슬그머니 해란이의 눈치를 봤다. 아니나 다를까, 해란이는 붉게 달아오른 얼굴로 선생님을 쏘아보고 있었다. 해란이는 한 손으로 클렌징 티슈를 꺼내 눈꺼풀을 벅벅 문질렀다. 아이라인이 번지자 평소의 새침한 얼굴이 한쪽 눈만 된통 얻어맞아 멍든 권투 선수처럼 보였다. 다들 웃음을 참느라 고개를 돌리고 끅끅거리는 사이, 해란이의 얼굴은 더욱 벌겋게 변해 금방이라도 정수리에서 증기를 내뿜을 기세였다. 하지만 평소와는 달리 해란이는 말없이 입술을 꽉 깨문 채 교과서에 시선을 내리꽂았다. 선생님은 눈치 없이 웃으며 수업을 시작했다.

여느 때와 같은 두 사람의 한판 승부를 기대했던 우리는 천하의 박해란이가 웬일이야, 하며 싱겁게 교과서를 펼쳤다. 모두들 촌스럽다고 놀려 대는 20대 후반의 담임 선생님. 그에 비해 전교생 사이에서도 기가 세고 세련되기로 손꼽히는 해란이의 입지가 단숨에 몇 계단 홀쩍 떨어져 버린 순간이었다.

이를 갈던 해란이의 앙갚음은 그로부터 사흘 뒤에 불꽃을 터뜨렸다. 평소엔 꾸벅꾸벅 졸기만 하던 애가 질문 있느냐는 선생님의 물음에 손을 번쩍 든 것과 동시에.

모두들 교실의 공기가 싸늘해지는 것을 감지하고는 숨을 죽인 채 두 사람을 번갈아 보았다.

"오, 우리 해란이가 질문을 할 때가 다 있어?"

선생님은 교실 안에 흐르는 이상 기류를 전혀 알아채지 못한 듯 반갑게 해란이의 이름을 불렀다. 고개를 비스듬히 기울인 채 선생님을 빤히 바라보던 해란이가 돌연 씨익 웃었다.

"선생님! 학생 때 왕따였다면서요? 우리 이모가 선생님이랑 같은 학교 나왔대요. 중, 고등학교 내내 친구 한 명도 없었다면서요. 진짜예요?"

선생님의 얼굴이 웃는 모습 그대로 얼어붙었다.

"질문하잖아요. 같이 밥 먹어 주는 친구도 없어서 한번은 교탁 앞에 선 채로 밥 먹었다는 거, 진짜예요?"

아이들이 수군거리기 시작했다.

"교복도 맨날 꼬질꼬질하게 입고. 세상에, 김칫국물 묻은 교복을 며칠 동안 입고 다녀서 다들 옆에 앉기 싫어했다던데. 기억나세요? 여기 졸업 사진도 있어요."

해란이가 핸드폰을 흔들어 보이며 피식 웃었다.

"아, 정말로 궁금한 건요, 미용실 갈 돈이 없어서 혼자 머리 잘랐다구. 그래서 별명이 까치통이었다면서요. 까치 머리통. 그땐 선생님두 미술 실력이 진짜 별로셨나 보다. 그렇죠?"

교탁 바로 앞자리에 앉아 있던 나는 선생님의 입술이 가늘게 떨리는 것을 보고 말았다. 못 본 척 눈길을 돌리는 게 예의일 때도 있다는 걸 알면서도 눈을 뗄 수 없을 때가 있다. 왜일까. 순간, 선생님의 통통한 볼, 애써 올린 입꼬리가 일그러지면서 웃음 진 반달 눈 가득히 눈물이 그렁그렁 맺혔다. 투둑. 눈물방울이 교탁 위로 떨어짐과 동시에 해란이의 위세는 기세등등하게 올라갔다.

"반장, 좀 말려 보숑."

옆자리 영우가 나를 툭 쳤다.

하지만 선생님인걸. 반장이라고는 하지만 나도 학생일 뿐이잖아. 버릇없는 학생을 교육시키는 건 반장이 할 일이 아니야, 선생님의 몫이지. 선생님이 제대로 행동해 줘야만 반장의 역할도 분명해질 수 있는 거라고. 잠시 고개를 떨궜다가 선생님을 올려다보

앉을 때, 어깨까지 오는 머리카락이 휙 허공을 한 바퀴 돌았다. 곱게 다린 흰 블라우스를 입은 선생님의 뒷모습이 순식간에 교실 밖으로 사라졌다.

미처 불러 볼 사이도 없이, 선생님은 그날 교실을 나갔다. 모두들 농담을 하며 해란이의 승리를 축하해 주고 있었지만 도가 지나쳤다는 것을 느끼고 있었다.

오늘로 일주일째. 부담임 선생님이 출석을 부른 뒤 교실을 나선 직후였다.

"네가 가서 사과해."

저음의 목소리. 좀처럼 듣기 어려운 그 애의 목소리. 나는 등에서 우두둑 소리가 날 정도로 몸을 돌려 대화가 오가는 교실 뒤편을 바라보았다. 우리 반의 아이돌. 눈에 띄게 큰 키와 나이답지 않은 차분한 눈빛, 예쁘장한 외모와 다르게 섣불리 다가서기 어려운 매력적인 그늘의 소유자, 하늘이다. 남자애들의 우상이자 여자애들의 이상형이랄까. 입을 여는 일이 거의 없는 데다 친구들과 무리 지어 다니지 않는 성격이 더 호기심을 불러일으킨다.

그러고 보면 꼬질꼬질하고 볼품없는 애가 혼자 다닐 땐 '외톨이'라 부르고 하늘이처럼 한눈에 보기에도 멋진 남자애가 혼자 다니면 '신비주의'라고 불리는 건 참 희한한 일이다. 아니, 불공평한 사실을 너무 당연하게 여기고 마는 걸 이상한 일이라고 해야 할까.

"네가 뭔데 사과를 해라 마라야?"

"너 때문에 선생님이 안 오는 거잖아."

해란이가 약간 주춤했다.

"나도 선생님 만나야 하니까 같이 가서 너도 사과해."

해란이는 그제야 다시금 기가 살아 "하!" 하고 웃었다.

"넌 뭘 잘못했는데?"

"잘못한 거 없어."

"그럼?"

"핸드폰."

하늘이가 한숨을 내뱉으며 중얼거렸다.

"선생님 핸드폰이 나한테 있다고."

해란이의 얼굴에 얼핏 당황함이 스쳐 지나갔다.

"너, 선생님이랑 무슨 사이야? 왜 선생님 핸드폰을 네가 가지고 있는 건데?"

아무리 천하의 박해란이라도 상대를 잘못 골랐다. 여자애들이 웅성거리며 해란이를 향해 곱지 않은 시선을 던졌다.

"선생님 나가고, 화장실 가다가 복도에서 주웠어."

하늘이의 말투는 여전히 나직하고 차분했다.

"그럼 교무실에 맡기던가. 왜 그걸 일주일씩이나 갖고 있는데?"

그러고 보니 맞는 말이다. 다른 선생님께 전달하면 간단할 일을 굳이 일주일이나 보관하고 있었던 이유가 뭘까. 모두가 의아해하고 있다는 사실을 알아챈 해란이의 목소리가 한 톤 더 높아졌다.

"너, 핸드폰 몰래 훔쳐봤지? 몰래 선생님 사생활 구경하느라 돌려줄 타이밍 놓친 거 아냐? 와, 애 진짜 이상한 애네."

하늘이는 한 손으로 이마를 쓸어 올리며 해란이를 쳐다보았다. 난감한 기색은커녕 해란이를 보는 그 애의 눈빛에는 미묘한 경멸이 담겨 있었다.

"안 그래도 교무실 앞까지 갔었어. 그때 마침 선생님 핸드폰으로 문자 한 통이 왔는데, 나라면 친구 아닌 남한테 죽어도 보여 주기 싫을 것 같더라. 내가 보는 것도 싫으셨을 테지만 어차피 나는 봐 버렸고. 직접 주려고 기다렸어. 근데 아무리 기다려도 안 오잖아."

"무슨 문자였는데?"

돌아서는 하늘이의 팔목을 해란이가 무심코 잡은 찰나, 하늘이가 사납게 해란이의 손을 뿌리쳤다. 늘 무표정하던 그 애의 얼굴이 문득 창백해 보였다.

"선생님이 자기 비밀을 절대 알려 주기 싫은 사람이 있다면 바로 너일 거 같지 않냐?"

하늘이의 목소리가 높아졌다. 해란이가 입을 열기도 전에 하늘이는 한마디 한마디 곱씹어 뱉듯 말을 이었다.

"넌 남한테 상처 주면 이겼다는 생각이 들어? 세 보일 거 같아? 안 그래. 애들은 네가 멋있어서 쳐다보는 거 아니야. 너 하는 짓 구경하는 거지. 주위에 너처럼 못된 애 없으니까 신기해서."

"친구도 없는 게."

"난 잘못하는 거 보면 말려 주는 게 친구라고 생각해. 근데 너 잘못할 때 말려 주는 애 한 명이라도 있었어?"

해란이가 입술을 앙다문 채 하늘이를 노려보았다. 하늘이는 아랑곳 않고 반 아이들을 향해 몸을 돌렸다. 습관적으로 쓸어 올리는 이마가 창문을 넘어 들어온 햇빛에 고스란히 드러났을 때, 그 애 왼쪽 이마 가장 자리에 희미한 흉터가 보였다. 후크 선장의 갈고리, 혹은 낮은음자리표를 닮은.

"반장! 선생님 어떻게 데려올 생각이야?"

어라? 왜 갑자기 불똥이 나한테 튀는 거지?

"집으로 찾아가 보는 게 가장 빠르지 않으려나……."

나는 아이들의 반응을 살피며 기어들어 가는 목소리로 말했다.

"좋아, 그럼. 같이 갈 수 있는 사람?"

잔뜩 곤두선 해란이 때문에 선뜻 손을 드는 애가 없었다. 하늘이랑 둘이 학교 밖에서 만날 수 있는 기회인가. 얍삽하게도 그런 생각이 먼저 마음을 술렁이게 하는 사이…….

"어? 나! 나 가야 돼."

아! 항상 눈치라고는 집에 두고 다니는 저 얄미운 주책바가지 이영우.

"왜?"

나는 은근히 영우를 째려보며 퉁명스럽게 받아쳤다.

"선생님한테 빌린 거 있어. 꼭 돌려줘야 합니다용."

가볍기 짝이 없는 말투하고는.

"그럼, 반장이랑 영우, 나. 그리고……."

하늘이가 명령하듯 손끝으로 해란이를 지목했다.

"너. 넷이 가자."

좀처럼 나서지 않는 하늘이가 왜 선생님의 일에 이렇게 적극적으로 나오는 거지? 대체 무슨 사이이기에?

"내가 왜? 먼저 사람 기분 나쁘게 한 건 선생님인데?"

해란이가 어깨를 으쓱해 보이며 반 아이들을 향해 그렇지 않느냐는 듯 동의를 구했다. 하지만 이번엔 적극적으로 해란이의 편을 들어 주는 친구가 없었다.

"가서 화해하면 되는 거 아닌갑송?"

영우가 들쑥날쑥한 앞니를 드러내고 히죽 웃으며 말했다.

점심시간, 반 대표로 교무실에 들러 선생님의 상황을 물었다. 사건이 터지고 처음이었다. 휴직 중이라고만 할 뿐 언제 돌아올

지, 사유가 무엇인지는 우리에게 알려 줄 수 있는 일이 아니라는 대답이 돌아왔다. 선생님의 주소를 알려 달라는 부탁에도 단호히 "기다려라."라는 거절뿐이었다.

"나, 주소 알아."

본관으로 향하는 나를 불러 세운 건 해란이의 목소리였다.

"어떻게…… 알아?"

"안다면 아는 거지, 말이 많냐?"

결코 친해지고 싶지 않은 밉상. 몇 걸음 앞서 걷던 해란이가 갑자기 걸음을 멈춰 섰다. 그 애는 바람에 나부끼는 긴 갈색 머리카락을 귀 뒤로 넘기며 나를 물끄러미 바라보았다. 나는 천천히 눈을 깜빡였다. 해란이는 늘 입가에 어려 있는 삐딱한 미소를 거두고 입을 열었다.

"너, 내가 왜 같이 가는지 알지?"

나는 아무 말도 하지 않았다. 해란이는 축구 경기가 한창인 운동장을 바라보다가 싸늘한 말투로 내게 말했다.

"선생님 학생 때 얘기, 알려 준 건 너잖아. 너 사과하는 거 보고 나서 나도 할 거야."

나는 애매하게 웃으며 대꾸했다.

"아는 거랑 대놓고 말하는 건 다른 거지."

"그럼, 왜 알려 줬는데? 사진까지 보내 줘 놓고."

"나는 그냥 너 혼자 알고, 화 풀라고⋯⋯."

품. 해란이가 나를 비웃었다. 성적도 낮아, 행실도 불량해, 모두의 눈엣가시. 자랑할 거라고는 허세 가득한 화장품 파우치밖에 없는 주제에. 지금 누가 누굴 비웃어?

가슴속에 동그랗게 웅크리고 있던 푸른 열매 한 알이 쩍, 하고 벌어지며 붉고 날카로운 송곳니를 드러냈다. 해란이가 시선을 피하며 물었다.

"반장은 왜 선생님을 싫어해?"

나는 미동도 않고 가만히 서 있었다.

"궁금해서 물어보는 거야. 난 선생님이 자꾸 장난을 거는 게 맘에 안 들거든."

돌연 세차게 날아온 축구공이 해란이와 나 사이를 가르며 타앙, 건물 벽에 부딪쳤다. 놀란 해란이가 뒷걸음질 치는 사이, 나는 황급히 달려온 학생에게 웃으며 축구공을 건네주었다.

"인사."

"응?"

"수업 전 학생들이 선생님께 인사하게 하는 건 반장이 해야 할 일 중 하나야. 그런데 선생님은 자기 혼자 '안녕!' 하면 끝이잖아."

"그깟 인사가 뭐가 그리 중요한데?"

해란이는 이해할 수 없다는 듯 물었다.

"수업마다 나온 과제물을 걷는 것도, 준비물을 메모해서 알려 주는 것도, 체육 시간에 교실에 있어야 하는지 운동장에 나가야 하는지 확인해 알려 주는 것까지도 전부 반장인 내가 하는 일이야. 그런데 얼마 전에 조별 과제물을 걷어 갔더니 선생님이 뭐라고 한 줄 알아? "맞다, 반장이 있었구나!" 그러는 거야. 내가 반장으로서 해 온 노력들을 선생님은 전혀 알아채지 못하고 있었던 거지. 그때 깨달았어. '인사'만 제대로 챙겼어도 선생님이 반장이라는 내 역할을 잊지는 않았을 텐데. 깡그리 무시당한 노력들이 분하고 서운해서라도 나는 꼭 '인사'를 되찾을 거야."

해란이는 잠시 고개를 기울이고 있다가 예의 그 미소를 지었다.

"너도 나랑 똑같네."

전교 꼴찌에서 헤엄치는 너랑 1, 2등을 다투는 나를 어떻게 똑같다고 생각할 수 있는지. 머리가 나쁜 애들은 역시 답이 없다. 해란이를 지나쳐 교실로 돌아가려 할 때였다.

"근데 반장!"

나는 등 뒤에서 들려오는 그 애의 목소리를 무시한 채 계속 걸었다.

"네가 쫌 더 못됐다!"

상관없다. 나도 알고 있다.

어설프게 못되어 봤자 해란이처럼 미움만 받기 딱 좋다. 애매하게 착한 애는 영우처럼 실없어 보인다. 늘 밝고 착한 모습만 보이던 선생님은 결국 아이들 앞에서 울며 교실을 나가 버렸다. 도망치고 만 거다.

사실 선생님에 대한 앙금은 그게 다가 아니었다. 해란이 앞에서는 옹졸해 보일까 봐 차마 말하지 못했다. 나는 그날 "맞다, 반장이 있었구나!"라는 선생님의 말 뒤에 짧은 인사가 이어질 거라 믿었다. 그래서 반듯한 자세로 기다렸다. 하지만 선생님은 과제물을 착착 들춰 보더니 아직도 서 있었느냐는 듯이 나를 쳐다보며 더 할 이야기가 남았느냐고 물었다. 나는 고개를 젓고 허둥지둥 교무실을 나왔다. 수고했다, 고맙다, 잘했다, 그 인사 한마디를 기다리던 내가 생색내기 좋아하는 쪼잔한 애처럼 느껴졌다.

받아야 할 게 있다면 어떻게 해서든 꼭 받아야 한다고 들으며 자랐다. 한 번 내 것을 빼앗기면 계속 내주는 어중간한 사람이 되어 버린다고 말이다. 열심히 한 일에 대해 칭찬받고 싶은 마음은 당연하다. 그런데 선생님은 그 마음을 부끄럽게 여기도록 만들었다.

나는 선생님을 다시 교실로 데려오고야 말 거다. 그리고 반장의 '인사'를 되찾고야 말겠다. 나를 인정해 주지 않은 선생님으로부터 반장으로서의 자존심을 찾아올 기회다!

신발 속에 작은 돌멩이가 들어간 것처럼 조금 걸리는 게 있긴 하다.

우리 반 하늘이. 나의 완벽한 이상형인 그 애가 어떤 남자애인지 나는 정말 속속들이 알고 싶은 걸까? 멀리서 바라보는 꽃은 향기를 맡지 못해 아쉽긴 해도 보기에는 예쁘다. 하지만 욕심을 내어 현미경으로 보면 꽃잎의 섬유질이 꼭 핏줄 같아서 섬뜩하다. 하늘이도 가까이서 보면 오히려 낯설어질까 봐 걱정이다.

그럼 하늘이가 나한테 실망할 가능성은 없느냐?

글쎄. 아마 그 애는 '반장'에 가려진 내 이름도 벌써 잊어버리지 않았을까?

해란

...

'딸내미'라고요?

선생님의 주소가 적힌 노트를 찾기 위해 잠시 집에 들렀다. 엄마가 2층에서 내려오며 손님을 배웅하고 있었다. 심리 상담사인 엄마는 언제나 우아하고 상냥한 태도로 사람들을 대한다. 내가 선생님의 집 주소를 알게 된 것도 사실 엄마 덕분이었다. 아니, 선생님의 튀는 모험심 때문이라고 해야 하나.

언젠가 선생님이 엄마의 손님으로 우리 집에 온 적이 있었다. 거실에서 선생님과 마주친 나는 들고 있던 요거트를 떨어뜨릴 뻔했다. 선생님은 100미터 밖에서도 눈에 띌 것만 같은 초록색 코트를 입고 선 채 '훗' 하고 웃었다. 엄마는 내담자들의 상담 내용을 철저히 비밀에 부치는 게 중요하다고 했다. 하지만 그렇다고 선생님의 뻔한 심리 게임에 넘어갈 내가 아니었다. 분명 상담을 평계

로 찾아와 미주알고주알 내 이야기를 일러바치려는 거겠지. 학교
에서는 어떤 일이 터져도 교장 선생님과 친분이 있는 우리 부모님
을 부르지 않으니까…….

혹시 내가 선생님의 립밤을 장난삼아 훔친 얘기를 했나? 화장
실 벽에 선생님 핸드폰 번호를 낙서해 놓은 거? 설마 성적 얘기로
온 건 아니겠지?

"너?"

선생님이 걱정된다는 핑계로 슬쩍 내 얘기는 없었는지 묻자 엄
마는 도리어 눈을 크게 뜨며 물었다.

"선생님이 널 걱정해야 할 일이라도 있는 거니?"

은테 안경 너머로 나를 보는 엄마의 아몬드 모양 눈. 어쩐지 바
라보는 게 아니라 관찰하는 것만 같은 눈빛이라 어깨가 시렸다.

선생님이 다녀갔던 그날, 나는 엄마의 상담실에 몰래 숨어들어
가 선생님의 정보가 적힌 서류 페이지를 눈에 띄지 않게 뜯어 왔
다. 아쉽게도 상담 내용과 관련된 노트는 캐비닛에 담겨 있어 훔
쳐볼 수 없었다.

"어디 가니?"

엄마가 주방에서 막 끓인 차를 들고 나오며 물었다. 나는 방에
서 들고 나온 종이를 얼른 등 뒤에 숨겼다.

"아! 엄마, 오늘 되게 웃긴 일이……."

내 말이 끝나기도 전에 엄마는 핸드폰 문자 메시지를 확인했다.

"중요한 얘기니?"

메시지 답장을 보내며 엄마가 물었다. 그러게요, 엄마. 중요하다는 기준이 뭘까요.

"선생님이 나 때문에 화가 좀 났나 봐요. 사실 별거 아닌데, 얼마 전에……."

"그래. 그럼 다행이고."

엄마의 귀에는 분명 '별거 아닌데'라는 말만 들렸을 거다.

"나중에 얘기하자. 괜찮지?"

빙긋 웃는 엄마의 미소 앞에 나는 얼떨결에 고개를 끄덕이며 같이 웃고 말았다.

다른 집 아이의 불안증, 집중력 저하, 불면증에 대한 상담은 언제나 정성스럽고 세심하게 해 주는 엄마이지만 외동딸인 나와의 대화는 거의 하지 않았다.

"알아서 잘하잖니, 너는 내 딸이니까."

보통 이 한마디로 모든 대화가 매듭지어졌다.

'잘하고 있지 않아요, 이번에 또 내가 사고 쳤어요'라고 말할 용기는 없다. 그래서 그냥 웃으며 "네!" 하고 대답하고 마는 것이다.

가끔 무슨 이야기를 풀어놓으려 할 때면 엄마는 '나중에, 다음에, 이따' 말하자고 했다. 나는 '나중에, 다음에, 이따'란 영원히 오지 않을 시간이라는 걸 알고 있다.

올해 초, 아빠와 이혼한 후 엄마는 주택의 2층을 사무실로 개조하고 일에만 전념하기 시작했다. 의류 사업체의 임원인 아빠와는 한 달에 한 번꼴로 저녁을 먹는다. 아주 적막한 식사 시간이지만 식사가 끝난 후에는 늘 새로 나온 디자인의 원피스와 적지 않은 용돈을 챙겨 준다. 아빠가 선물해 준 옷은 대부분 입지 못했다. 하나같이 멋진 디자인이었지만 내 몸에 비해 사이즈가 너무 작았다. 아빠는 내가 자라고 있다는 사실을 알지 못하는 걸까. 아님 굳이 알고 싶지 않은 걸까.

가끔 친구들이 놀러 오면 태그도 떼지 않은 옷을 나눠 주곤 했다. 친구들은 좋아서 어쩔 줄 몰라 하고, 옷을 입어 보며 패션쇼를 벌였다. 그리고 난 다음 날이면 친구들은 평소보다 더 내 기분을 맞춰 주기 위해 듣기 좋은 말만 골라 했다. 선물을 주고 말 잘 듣는 친구를 만드는 건 어릴 때부터 내가 우정을 쌓아 온 방법이다.

쾅쾅쾅!

누군가 요란하게 대문을 두드렸다. 인터폰을 들여다보던 엄마가 나를 힐끗 돌아보았다.

"친구니?"

이영우. 똥 마려운 강아지처럼 서 있다가, 인터폰 카메라 가까이로 콧구멍을 들이밀었다가, 덧니가 난 이를 딱딱 부딪쳐 보였다가……. 저 유치한 행동이란.

"박해란! 나 화장실 좀 쓰자. 완존 급하송!"

엄마는 물끄러미 나를 바라보다가 2층으로 올라갔다.

나는 어금니를 물며 문을 열어 주었다. 후다닥 달려 들어오다가 집 안을 둘러본 영우의 눈이 휘둥그레졌다.

"와, 너희 집 댑따 크다. 텔레비전에 나오는 집 같아."

"아, 진짜 쪽팔리지도 않냐!"

"그런 거 따질 때가 아니송. 빨랑 나올게!"

영우는 오케이 사인을 그려 보이며 헐레벌떡 화장실로 뛰어 들어갔다.

"아오, 시원해! 너희 집 변기 되게 따뜻하다."

"멍청아, 비데 처음 써 보냐?"

영우는 거실 벽면에 놓인 큰 어항으로 다가가 홀린 듯이 열대어를 구경했다.

"물고기 댑따 이쁘다."

잠시 봐주려니까 아예 이마와 코를 갖다 붙이고 떨어질 생각을 하질 않았다.

"야! 어항에 개기름 묻잖아!"

나는 영우의 뒷덜미를 잡아끌어 집 밖으로 나왔다.

하늘이와 수영이는 골목 모퉁이에 서서 기다리고 있었다. 수영이는 탐탁지 않은 눈빛으로 호화로운 주택가를 힐끔댈 뿐 별말이 없었다.

"두 정거장이네."

주소를 보던 하늘이가 말했다.

"자전거 타고 출근한다더니, 진짜였나?"

나는 풉, 웃음을 터뜨리고 말았다. 청춘 드라마의 주인공이라도 되는 줄 아는 거야, 뭐야.

"전화하고 가야 하는 거 아닐까?"

수영이가 조용히 물었다. 하여튼 매사에 예의 바른 척은. 하늘이에게 잘 보이려 일부러 더 어른스러운 척하는 게 뻔히 보인다는 걸 아무래도 본인만 모르는 것 같다.

"핸드폰이 나한테 있는데."

하늘이가 곤란하다는 듯 이마를 매만졌다. 나는 슬쩍 시선을 돌리며 택시를 타자고 소리쳤다. 오늘 오전, 무심결에 하늘이 손목에 손가락이 닿는 순간 느꼈던 한기. 몸의 온도가 차다는 것과는 다른 종류의 기묘한 한기가 떠올랐다.

하지만 뭐, 상관없는 애 체온까지 신경 쓸 필요가 있나? 어차피 선생님만 교실로 돌아가게 떠밀고 나면 다신 말도 섞을 일 없을 앤데.

"우아, 그거 신용 카드임?"

카드로 택시비 계산하는 나를 신기해하며 영우가 들러붙었다. 조금 우쭐해졌지만 가까이 오지 말라고 머리를 쥐어박아 버렸다.

낡은 3층 빌라. 선생님의 집 301호. 베란다에는 빨래 건조대가 펼쳐져 있다. 저녁 햇살 아래 빨래들이 해사하게 펄럭인다. 말린 나물을 엮은 기다란 줄이 베란다 난간에 묶여 있다. 크고 작은 화분들. 그리고 건조대 아래 놓여 있는 엄청나게 큰 호박 두 개.

저 좁은 공간을 참 정성스럽게도 쓰는구나. 속으로 감탄하고 있는 사이, 아이들은 앞서 빌라 건물 안으로 들어서고 있었다.

301호 현관 앞에서 우리는 선뜻 벨을 누르지 못하고 망설였다. 여기까지 찾아오긴 했지만 울며 뛰쳐나간 선생님을 다시 만나 뭐라고 말을 꺼내야 할지 막막했다. 큰소리치던 하늘이도 민망하긴 마찬가지인지 발끝만 내려다보고 있었다.

"반장!"

나는 수영이의 등을 떠밀었다.

"인사시키고 싶다며? 지금이 딱이네. 얼른 우리 인사시켜 줘."

수영이가 가늘게 눈을 흘겼다. 다른 애들은 무슨 말인가 어리둥절해하며 우리 둘을 쳐다봤다. 수영이는 목을 가다듬고 조심스레 검지를 내뻗어 벨을 눌렀다.

고요하다.

"집에 없나 보네. 가자!"

돌아가려면 지금이 유일한 기회다. 잽싸게 계단을 향해 돌아서던 그때!

"어어? 학생들! 우리 유나 찾아왔어요?"

누렇고 커다란, 앉은뱅이 의자 같은 호박을 끌어안은 할머니와 정면으로 마주쳤다.

호박이 세 개째……. 그 어색한 순간, 엉뚱하게도 베란다에 나란히 놓여 있던 호박 두 개가 떠오른 건 왜였을까?

선생님의 집에서는 한약 비스름한 냄새가 났다. 서랍장 위에도, 벽면에도, 방문에도, 액자가 정말 많았다. 우리는 초코파이 색깔의 3인용 소파에 겨우 엉덩이만 댄 채 부대끼며 앉아 있었다. 영우는 몸이 반쯤 앞으로 튀어나왔고, 수영이는 한쪽 어깨만 비죽 올라갔고, 키가 큰 하늘이는 엉덩이 반을 팔걸이에 걸친 채 겨우 중심을 잡고 있었다. 나는 자연스럽게 다리를 꼬고 있었지만 영우의 팔꿈치가 자꾸 갈비뼈에 닿아 숨이 찰 지경이었다.

"저희는 선생님 반 학생들입니다. 저는 반장이고요."

수영이는 제법 어른스럽게 말을 꺼냈다.

크읍! 나는 웃음이 나오려는 걸 감추며 재채기를 참는 척했다.

찌그러진 찐빵처럼 끼어 앉아서 진지한 표정을 짓는 수영이를 보고 있자니 자꾸 실없이 웃음이 났다. 크흡! 옆에서 영우도 기침을 참는 척했는데, 귀가 빨개진 채로 입가가 씰룩이는 걸 보니 얘도 웃음을 참고 있는 게 분명했다.

최대한 성숙한 자세로 이야기해야 한다는 데에 온 신경을 집중한 수영이만이 흔들림 없는 표정을 유지하느라 식은땀을 흘리고 있었다. 선생님이 며칠째 학교에 나오지 않고 있다, 걱정이 되어 찾아왔다는 말을 하는 내내 수영이는 우리가 선생님한테 했던 짓에 대해서는 한마디도 꺼내지 않았다.

"유나, 집에 안 온 지 꽤 됐는데."

할머니는 고개를 갸웃하며 다정하게 웃었다.

"선생님 가출했어요?"

나도 모르게 대뜸 묻고 말았다. 할머니가 아하하 웃으며 긴 주름치마 위에 앉은 먼지를 툭툭 털어 냈다.

"어릴 때는 그랬지. 엄마, 무지개를 훔쳐 올게요, 돌고래와 놀다 올게요. 조금 자란 후에는 염력을 배우러 갑니다, 무중력을 경험하고 오겠어요! 그땐 항상 자정이 되기 전엔 돌아왔거든. 그런데 이번엔 아무 말도 없는 게 뭔가 달라 보였어. 뭐, 나도 애써 묻지 않았단다."

할머니는 대수롭지 않다는 듯 중얼거렸다.

"그럼 선생님은 언제쯤 다시 학교에 나오실까요? 왠지…… 계속 안 오실 것만 같아서요."

수영이의 말에 할머니는 잠시 벽에 걸린 액자를 바라봤다.

"다행이네."

학생들에게 사랑받는 선생님이라 다행이다, 뭐 이런 뜻인가.

"그렇잖아두 난 딸내미가 학교를 그만뒀으면 했거든."

"예에?"

우리 넷은 버튼이라도 눌린 듯 동시에 소리쳤다.

나는 '딸내미'라는 단어에 한 번 더 놀랐다. 선생님은 무슨 일을 하는 부모님의 '자녀'일까, 하는 궁금증을 가진 적은 있었지만 '딸내미'라니, 아침에 엄마가 잠을 깨우면 "아, 쫌만, 5분만 더!" 꾸물거리고. 이게 돼지우리지 사람 사는 방이냐는 잔소리와 함께 등짝 스매싱이 날아올 때까지 방 청소를 미뤄 두기도 하고, 엄마랑 드라마를 틀어 놓고 시금치를 다듬으며 얘가 좋다, 쟤가 좋다 실랑이를 해 대는. 그러다 주인공이 억울한 일이라도 당할라치면 둘이 같이 펄쩍 뛰며 욕을 퍼붓는, 바로 그 '딸래미'라니.

나는 서랍장 위에 장식된 종이 카네이션 꽃바구니를 바라봤다. 언제쯤 만든 것일까. 색이 바랜 종이꽃 아래 작은 리본 위에는 '부모님 감사합니다, 예쁜 딸 유나 올림'이라고 적혀 있었다.

조화는 금지. 꽃은 시들면 곧장 내다 버릴 것. 아직 피어 있다

한들 실내 인테리어와 어울리지 않으면 보이지 않는 곳에 치워 둘 것. 엄마가 늘 가사 도우미 아주머니에게 신신당부하는 사항 중 하나다. 나는 언제부터인가 어버이날이 오면 카네이션 대신 간단한 음료 기프티콘을 보냈다. '감사합니다'라는 자동 저장 문구와 함께…….

정성 들여 준비해 봤자 받는 쪽이 기뻐하지 않으면 주는 쪽만 상처받고 만다. 채 시들지 않은 카네이션이 쓰레기 봉지 안에 담겨 있는 것을 봤던 어느 5월. 나는 휑한 골목 앞에 서서 다짐했다.

주고도 마음 아플 바엔, 선물 따위 하지 말자고.

"아, 그게. 선생이라는 게 참 어려운 직업이니까. 기왕이면 마음 고생하지 않는 직장에서 일하는 게 엄마로선 가슴이 놓이지."

그때까지 잠자코 있던 하늘이가 슬며시 입을 뗐다.

"선생님이 마음고생을 하셨어요?"

할머니가 하늘이의 얼굴을 유심히 바라봤다. 예쁘장하게 생겨서 그랬을 텐데 하늘이는 부끄러웠는지 황급히 고개를 돌렸다.

"질문 있습니닷!"

영우가 느닷없이 손을 치켜들며 일어섰다 다시 앉았다. 그 바람에 좁은 소파에 끼어 앉아 있던 우리 몸도 퉁, 하고 튀었다가 내려앉았다.

"선생님 학교 다닐 때 친구 없었습니까용?"

아, 저 방정맞은 주둥이를 꼬집어 주고 싶다!

"응. 그래서 교사가 된다고 했을 때 좀 놀랐어요. 왜 굳이 학교로 돌아가려는 걸까, 하고."

"왜 돌아온 거라고 하셨어요?"

수영이가 물었다. 할머니는 빙긋 웃으며 발치에 놓인 호박을 쓰다듬었다.

슈퍼 갑 선생님이 되어 학교 아이들에게 복수하고 싶었거나, 제자들하고라도 친구가 되고 싶었거나……, 보나 마나 이런 거 아닐까?

"음, 말해 주면 유나가 엄마 또 괜한 소리 했다면서 난리 칠 게 뻔한데."

할머니는 살짝 짓궂은 미소를 지으며 우리를 쳐다봤다. 옆에서 영우가 침을 꿀꺽 삼키는 소리가 너무 생생하게 들려와 나는 무릎으로 툭 치며 눈치를 주었다.

"하긴, 얘기도 없이 집 나간 딸내미 잘못도 있는 거니까."

"그렇죠, 맞아요."

뜸을 들이는 할머니 앞에서 나도 모르게 재빨리 맞장구를 치고 말았다. 아하하, 할머니가 또 한 번 유쾌하게 웃었다.

"유나의 첫사랑. 아마 학생들 나이 때 처음 봤을 거야. 지금의 남자 친구가 교사인 여자 친구를 사귀고 싶어 했다네?"

하! 순간, 속 어딘가에 뭉쳐 있던 불덩이 한 개가 울컥 올라왔다.

"그깟 남자 친구 희망 사항 때문에 선생님이 된 거예요? 우리 때문이 아니라? 학생이 좋아서 선생님이 된 게 아니고, 첫사랑 마음에 들려고 선생님이 된 거라고요? 와! 나 어이없어. 어떻게 선생님이 그럴 수가 있어요?"

나도 모르게 자리에도 없는 선생님에게 따져 묻듯이 쏟아 내고 말았다.

다른 애들이 뜨악한 표정으로 나를 쳐다봤다. 할머니는 느긋하게 고개를 끄덕였다.

"유나도 한때는 학생이었으니까. 첫사랑도 있고, 짝사랑도 했고. 소중한 사람한테 잘 보이고 싶은 마음도 있었던 거지. 뭐, 그건 누구나 마찬가지 아닌가요?"

잠시 침묵이 흘렀다.

선생님에겐 언제나 우리가 주인공인 줄 알았다. 그게 당연한 거라고만 생각했다. 그랬으면 좋겠다고 생각해서 그럴 거라고 굳게 믿어 버렸다. 엄마에게 상담을 하러 찾아온 것도 분명 나 때문일 거라고, 유난히 기분 좋아 보이는 날은 우리가 웬일로 세련된 옷을 입고 왔냐며 칭찬해 줬기 때문일 거라고 믿었다.

우리는 선생님에게 '일', 정말 그뿐이었을까? 나는 선생님한테 좀 더 신경 쓰이는, 그래서 특별할 수 있는 존재라고 생각했는데.

"근데 말이다, 보통 네 명씩이나 선생님을 찾아오나?"

할머니가 우리 얼굴을 차례차례 보며 물었다. 우린 서로 눈짓을 주고받다가 딴청을 피웠다.

"선생님이 어디로 갔는지 걱정되지 않습니까용?"

영우가 머리를 긁적이며 물었다.

"'때가 되면 올게요'라고 쪽지는 남겼으니까. 유나는 누군가를 오래 기다리게 하는 성격은 아니거든"

무심하다기보다는 차곡차곡 쌓인 믿음에서 우러나온 여유랄까. 할머니의 웃음에선 그런 안심이 느껴졌다.

어느새 한 시간이 훌쩍 넘어 있었다. 우리는 자리에서 일어났다. 소파가 잔뜩 찌부러져 있었다. 애들이 신발을 신는 동안 나는 얼른 소파를 정돈했다.

"해란이, 맞지?"

어느새 옆으로 다가온 할머니가 물었다. 나는 주춤거리다가 고개를 끄덕였다.

"우리 반에 아기 고양이처럼 예쁘게 생긴 애가 있다고 유나가 자랑했는데. 정말이네."

나는 가방을 고쳐 메며 애들이 듣지 못하게 웅얼거렸다.

"고맙습니다."

할머니는 내 어깨 위에 붙은 실밥을 떼어 주며 한쪽 눈을 찡긋했다.

"낯을 많이 가리는 아기 고양이 같다고. 립밤, 꼭 돌려받겠다고 했어요."

천하의 박해란이 낯을 가리기는!

나는 현관으로 향하려다 말고 멈춰 섰다. 내내 궁금했던 걸 묻지 않으면 잠이 오지 않을 것 같다.

"저기, 그 호박이요. 뭐 만들어 드실 거예요?"

할머니는 베란다에 놓인 호박을 돌아보더니 눈을 크게 깜빡였다.

"나도 몰라. 호박 파는 할머니랑 수다를 떨다 보면 하나씩 사 오게 되네. 먹고 싶은 게 생길 때까지 모아 두는 거예요, 그냥."

좁은 공간에 알 수 없는 여유가 있다.

할머니는 슬리퍼를 끌고 나와 빌라 1층까지 우리를 배웅해 주었다.

"학생들!"

우리는 어스름해진 하늘 아래 서서 할머니를 돌아봤다.

"바닥에 앉지 그랬어. 살이 빨개졌네."

그러고 보니 서로 부대껴 앉아 있는 동안 맞닿은 팔, 무릎, 발목 등이 어느샌가 빨갛게 얼룩져 있었다.

"진작 말씀해 주시지."

내가 종알거리자 할머니는 손을 흔들며 호탕하게 말했다.

"냅뒀어, 웃겨서!"

우리는 머쓱하게 살을 문지르며 골목길을 걸어 나왔다.

"그냥 남자 친구랑 놀러 간 건 아닐까? 우리 지금 시간 낭비하는 거 아니냐고."

수영이가 머리를 쓸어 올리며 투덜거렸다.

선생님이 교실을 나간 건 우리 때문이지만 돌아오지 않는 건 선생님의 선택이다. 게다가 남자 친구와 한가롭게 여행까지 다닐 정도라면 돌아오라고 부탁하는 게 더 민폐 아닐까? 수영이 말처럼 지금쯤 고즈넉한 밤바다를 구경하며 자유를 만끽하고 있을지도 모르는 일인데.

선생님을 찾는 건 그만두자는 말이 나왔을 때였다.

"남자 친구와 여행 간 게 아니야."

하늘이가 무거운 표정으로 입을 열었다.

"그때 내가 본 문자 메시지, 남자 친구한테서 온 거였어."

"무슨 내용인데? 빨리 말해."

"'이젠 나도 지쳤어. 그만 내 인생에서 사라져 줘'라고."

빠앙! 멀리서 클랙슨 소리가 울려 왔다.

"으아, 심각하게 차여 버렸네."

영우가 머리를 헝클어뜨리며 절규했다.

"여튼, 우리 책임은 아닌 거잖아."

수영이의 목소리는 냉랭했다.

"너, 집에 있었니? 없는 줄 알았는데."

부모님의 이혼이 진행되던 시기였다.

거실에서 들려오는 큰소리에 방문을 열고 나가자 엄마는 미간을 찡그린 채 중얼거렸다.

"애가 있는지 없는지도 몰라?"

"그러는 당신은 알았어?"

없었으면 좋았을걸……. 지금이라도 없어지는 게 낫지 않을까.

방으로 돌아와 우두커니 서 있는데 핸드폰 진동이 울렸다.

- 박해란! 너, 내 립밤 가져갔지?

밤 10시가 넘은 시간에 도착한 선생님의 문자 메시지.

- 품절 대란이라 얼마나 힘들 게 산 건 줄 알아?

- 너어~ 내일 두고 보자!

내가 가져갔다는 증거 있느냐며, 그날 밤 한 시간 넘게 선생님과 문자로 다퉜다. 선생님은 알고 있었을까? 선생님과 다투는 동안은 쨍 얼어 있던 외로운 시간이 한결 녹아내리는 기분이었다는 걸.

"어디로 갔는지, 언제쯤 올 건지, 난 알아야겠어."

다른 애들이 싫다면 나 혼자서라도 찾아볼 작정이었다. 수영이는 언제부터 그렇게 책임감 넘치는 사람이 되었느냐며 비아냥조로 핀잔했다. 누가 보면 둘도 없이 각별한 사제지간인 줄 알겠다면서. 대체 수영이 쟤는 어디가 어떻게 어긋난 걸까. 인정받는 게 중요하다? 반장에 전교 1, 2등. 인정은 차고 넘치게 받고 있는 학생 아닌가?

나도 군이 수영이까지 끌어들일 마음은 없었다.

"학교에서 대차게 싸울 사람이 필요해. 너희는 전투력이 너무 약하거든."

나는 하늘이에게 손을 내밀었다. 하늘이가 의아한 표정을 지었다.

"핸드폰 번호 찍어 줄게. 그 남자 번호, 내 폰으로 보내."

"나도 같이 가겠송!"

뜬금없이 영우가 끼어들었다.

"어, 나도."

실없는 영우는 그렇다 치고, 하늘이 애는 왜 평소와 달리 선생님에게 신경을 쓰는 걸까? 이유를 물으려다가 그만뒀다. 선생님 집 베란다에 놓인 호박이 떠올랐기 때문이다.

어쩌면 서로의 마음 같은 건 자연스레 알게 될 때까지 그냥 기다려 보는 게 나을지도 모른다. 나도 애들한테 솔직한 속내를 털어놓을 생각은 없으니까.

"어쩔 수 없네. 그럼, 딱 한 번만 더."

수영이가 마지못한 척 한숨을 내쉬며 합류의 뜻을 밝혔다. 웬일이야?

시간을 확인하던 수영이가 살그머니 하늘이에게 물었다.

"넌 몇 번 버스 타고 가니?"

나는 풉, 다시 웃음을 삼켰다. 수영이는 선생님의 행방엔 전혀 관심이 없다. 하늘이와 함께 있을 핑계가 필요할 뿐. 뭐, 돕는 손은 많을수록 좋은 거니까. 볼을 빵빵하게 부풀린 채 건널목을 살피고 있는데 누군가 뒤에서 톡톡 어깨를 두드렸다.

"너는 몇 번 버스 타고 가쏭?"

…… 맙소사!

영우

...

빌린 '열쇠'를 돌려줘야 해

하아아아!

집 앞 골목에 들어서서 쿵쾅거리는 가슴을 꾹꾹 눌렀다. 아까 해란이가 꼬고 있던 다리와 맞닿아 있던 오른쪽 무릎에는 토마토처럼 불그레한 자국이 남아 있었다. 사실 진작 사라질 자국이었지만 집으로 돌아오는 내내 일부러 철썩철썩 무릎을 내리쳐서 그 자리는 아까보다 더 붉어져 있었다. 해란이가 택시를 타고 돌아간 뒤 나는 두 정거장을 내리 달음박질쳐서 돌아왔다. 달리다가 불현듯 무릎을 철썩 치고, 훌쩍 뛰어오르며 망아지처럼 구는 나를 보고 행인들은 킥킥거렸다. 하지만 남들이 뭘 알겠나! 안다고 쳐다본들 뭔 상관인가!

선생님 집에서 나누었던 대화가 머릿속에 둥실 떠다녔다. 나는 옆자리에 붙어 앉은 해란이 때문에 심장이 미친 듯이 뛰는 걸 숨기느라 앉아 있는 내내 심호흡을 하고 있었다. 해란이가 종종 머리를 흔들어 댈 때마다 긴 머리카락이 내 한쪽 뺨을 스치며 은은한 샴푸 냄새를 풍겼다. 나는 괜한 오해를 살까 봐 가능한 한 몸이 닿지 않도록 어깨를 한껏 움츠리고 있었다. 후유증으로 등이 뻐근하긴 하지만 아프기는커녕 막 날개가 돋을 것 같은 기분이다.

"오빠!"

"형!"

컹컹컹!

반지하 계단을 뛰어 내려가 현관문을 열고 들어서자마자 쌍둥이 동생과 삽살개 또롱이가 득달같이 들러붙었다. 내가 없는 사이 한바탕 싸움을 벌였는지 서로 자기편을 들어 달라고 양쪽 팔을 하나씩 붙들고 매달렸다. 또롱이는 그저 신이 나서 꼬리를 흔들며 내 다리 사이를 뛰어다니기 바빴다. 이 녀석들은 내가 놀이터 미끄럼틀이라도 되는 줄 아는 건지!

얼른 햄과 달걀말이를 부쳐 늦은 저녁상을 차렸다. 동생들과 상 앞에 둘러앉아 수저를 들었는데, 이상하게도 꼬르륵거리는 소리가 무색하게 배는 전혀 고프지 않았다.

"그러게 우산을 챙기라니깐."

"거참, 이상하네. 관절이 멀쩡한 게 전혀 비 올 날씨가 아니었는데.”

“소나기가 괜히 소나기우? 나 두 시간 뒤에 내릴 예정이오, 전화
하고 내리우?”

“하, 거참. 감기 걸릴라. 얼른 가서 옷부터 갈아입어.”

막 장사를 끝내고 돌아온 엄마는 빗방울에 젖은 머리를 털며 화
장실로 향했다. 아빠는 과일과 채소 등이 담긴 봉투를 싱크대 위
에 올려놓고 밥상 앞에 자리를 잡았다. 동생들이 엉덩이를 씰룩이
며 아빠가 앉을 자리를 내주었다.

“어? 오늘 반찬 한다고 하지 않았냐?”

밥그릇을 받자마자 한 수저 크게 퍼 입에 넣던 아빠가 눈을 둥
그렇게 떴다. 그러고 보니 새 반찬을 몇 가지 만들어 두기로 한 날
이었다.

“바빴어.”

“왜? 무슨 일 있었어?”

평소라면 대수롭지 않게 낮에 있었던 일들을 늘어놓았겠지만
오늘 일은 알려 주고 싶지 않다. 말해 버리면 아직 마음속에 생생
하게 남은 해란이의 웃음소리가 그대로 흩어져 버릴 것만 같다.

“응. 말하기 아까운 일.”

“야, 그래도 겉절이는 좀 해 주지 그랬냐. 뜨끈한 밥에 고거 하
나 딱 올려서 먹으면!”

"오이소박이도 많이 남았고! 동치미 국물도 있구만. 김치 욕심 부리다가 우리 아들 파김치 되겠네. 아, 당신도 겉절이는 만들 줄 알잖아!"

어느새 엄마가 밥그릇에 밥을 한가득 담아 들고 밥상 앞에 앉으며 말했다.

"영우가 해 주는 게 맛있으니까 그러지."

"오빠! 아빠한테 쟤 좀 혼내 주라고 해 줘."

"형! 쟤가 내 머리카락 자른 거, 형도 봤지? 어?"

"오이소박이 맛있게 익었네. 영우, 너는 왜 밥을 깨작거려? 어디 아파?"

엄마의 물음에 나는 고개를 저었다. 언제나처럼 시끌시끌한 저녁이다.

늦은 밤이 되어서야 집은 고요해졌다. 남동생은 이불을 끌어안고 곤히 잠들어 있다.

나는 팔베개를 하고 누운 채 생각했다. 선생님이 첫사랑의 이상형이 되기 위해 선생님이 되었다는 사실을 들었을 때, 놀라기보단 사실 반가웠다. 반장 수영이는 선생님의 선택을 한심해하는 눈치였지만 나는 반대로 선생님이 멋지다고 생각했다.

누군가를 좋아하는 내 마음을 아끼는 건 쉽게 할 수 있는 일이지만 그것을 지키기 위해 노력하는 건 아무나 할 수 있는 일이 아니다. 소중한 건 마음만으로 지킬 수 있는 게 아니다. 꿈이 생각만으로 이루어지는 게 아니듯이. 책상 앞에 앉아 선생님이 되기 위해 밤새우며 공부했을 선생님을 상상하니 새삼 마음이 든든해졌다. 사랑을 이루고야 말겠다는 목표도 검사나 회계사가 되겠다는 목표만큼이나 중요하다. 그럼, 중요하고말고! 나는 어둠 속에서 고개를 끄덕였다. 근데, 나 방금 사랑이라고 말했나? 지레 쑥스러워져서 덮고 있던 이불을 휙 걷었다.

동생이 잠꼬대를 하며 뒤척였다. 나는 동생이 깰까 봐 잠시 숨을 죽였다.

쉬는 시간마다 침을 흘리며 엎드려 잔다고 반 애들은 나를 놀리곤 한다. 지구 멸망까지 하루가 남았다고 해도 잠만 퍼질러 자다가 멸망하는 것도 모를 행복한 녀석이라고도 한다. 나는 히죽 웃고 말았다. 지구 멸망 전까지 24시간이 남아 있다면 동생들에게 밥을 먹이고, 목욕을 하도록 시키고, 또롱이에게 마지막 산책을 시켜 주고, 아빠에게 겉절이를 만들어 주고, 평소처럼 텔레비전을 보며 생각 없이 하하하 웃을 수 있을 만한 프로그램을 골라야 할 테지만. 이런 얘기를 해 봤자 부모님이 할 일을 왜 네가 하느냐고 물을 게 뻔하다. 주부 9단의 내공이 녀석들의 안쓰러운 시선에 묻히는 건 두고 볼 수가 없지!

우리 집은 언제나 화목하고 소란스럽다. 각자 맡은 일이 많아서 외로울 틈이라고는 없다. 동네 아줌마들은 부모님의 금슬이 좋다고 부러워했다. 아이들이 밝다, 맏이인 내가 어른스럽다, 심지어 또롱이까지 골목에 든 좀도둑을 쫓을 정도로 영리해서 참 기특하다며 볼 때마다 칭찬을 한다. 기분 좋은 사실이란 건 분명하지만…….

나는 조용한 시간이 필요했다. 혼자 깊은 물속을 헤엄치듯 생각에 잠겨 있을 수 있는 시간 말이다. 사방의 고요함을 마치 좋은 노래 듣듯 감상하는 기분.

깊은 밤, 조용하게 혼자만의 시간을 만끽하고 나면 새벽이 되어서야 잠이 들 때도 있다. 다음 날 감기 걸린 꼬마처럼 졸려서 해롱거리긴 하지만 말이다. 고요한 시간을 맘껏 즐기고 나면 늘 유쾌하게 웃을 수 있다.

"여기."

한번은 선생님이 내게 음악실 열쇠를 건네준 적이 있었다. 음악 선생님께 부탁해서 여분의 열쇠 한 개를 빌려 왔다며, 점심시간에만 잠깐씩 사용하고 돌려 달라고 했다.

"거기 피아노 옆에 요가 매트를 깔고, 수건을 돌돌 말아서 베개로 써 봐. 잠깐 눈만 붙여도 완전 꿀잠이다? 햇볕도 잘 들지, 큰 피아노 덕분에 밖에선 자는 모습도 안 보이지, 지도부실 앞이라 뛰어다니는 애들도 없지! 이런 게 진정한 핫플레이스라고."

그 대신 수업 시간에 늦지 않게 알람은 꼭 맞춰 두라고 선생님은 신신당부했다.

"원래 내 자리니까, 번갈아 쓰자!"라는 말과 함께.

그 뒤로도 종종 수업 시간에 졸다가 선생님들에게 딱밤과 함께 모난 꾸중이 날아올 때는 있었지만.

"너, 밤에 안 자고 뭐 했어?"

"윤동주 시인의 〈별 헤는 밤〉을 생각했습니다. 별 하나의 이름과, 별 하나의 싸랑과 별 하나의!"

아이들의 웃음과 선생님들의 혀를 차는 소리에도 능청스럽게 웃어 보이며 다시 교과서를 들여다볼 수 있었던 것은 자그마한 열쇠 덕분이었다. 나의 낮잠을 돌보아 준 유일한 사람의 배려.

선생님이 교실을 나간 날, 나는 낮에 받아 뒀던 열쇠를 미처 돌려주지 못했다. 반드시 직접 선생님을 찾아 열쇠를 돌려줘야 한다. 만에 하나 선생님이 돌아올 생각이 없다 하더라도, 빌린 열쇠를 돌려주는 건 약속을 지키는 일이다.

"이게 그 남자 인스타 계정이야."

해란이가 내민 태블릿 위로 네 명이 동시에 고개를 들이밀다가 머리를 부딪쳤다.

"링크 보내 줄 테니까 각자……."

쌩하니 태블릿을 가져가려던 해란이가 멈칫했다.

"같이 보는 게 낫겠다."

해란이는 혼잣말처럼 조그맣게 중얼거렸다.

"뭐야, 완전 평범하잖아."

사진들을 찬찬히 들여다보던 수영이가 콧방귀를 뀌며 말했다.

"근데 어른들도 다를 건 없네. 여기 셀카 찍은 거 잘 봐 봐. 뒤쪽 바닥 타일 선이 어긋난 건 포토샵을 했다는 거지. 배경을 신경 쓸 정도로 치밀하거나 세심한 성격은 아니야. 중요한 건 포토샵 한 이 사진과 실물의 차이는 상당할 거란 게 문제야. 키, 얼굴형, 피부……. 이건 쓸 게 못 되겠다."

해란이가 셀카 사진을 넘겨 버리며 고개를 저었다. 헉 소리 나오게 잘생겼다고는 할 수 없지만 말끔한 인상의 회사원. 어딜 가나 볼 수 있을 것 같은 차림새. 그 외엔 해란이 말마따나 사진을 보정해서 셀카마다 얼굴이 다르게 보였다.

그때, 하늘이가 사진 한 장을 가리켰다. 주차장 표지판을 뒤로 하고 차 운전석에서 찍은 셀카였다.

"차 뒷좌석에 꽃다발!"

해란이는 어깨 너머로 찍힌 장미 꽃다발을 가리키며 날짜를 확인했다. 사진이 게시된 건 선생님이 사라진 후 이틀이 지난 시점이었다.

"뭐야? 이 사람 헤어진 지 얼마나 됐다고 벌써 새 여자 친구가 생긴 거야?"

해란이가 버럭 소리를 질렀다. 입술을 일그러뜨린 채 부릅뜬 두 눈에서 불꽃이라도 튈 기세다. 그러고 보니 어제, 선생님 집에 갔을 때도 해란이는 서랍장 위의 카네이션을 유독 오랫동안 쳐다보고 있었더랬다. 꽃을 좋아하는 걸까? 여하튼 해란이에게 꽃은 의미가 큰 것 같다. 기억해 둬야겠다.

하늘이는 시선의 각도를 약간씩 기울여 가며 같은 사진만 뚫어지게 들여다보고 있다. 나는 액정을 움직여 사진을 확대했다.

"이분을 만나야 할 거 같은뎁숑?"

내가 사진 끝을 톡톡 두드리자 수영이가 고개를 끄덕이며 대답했다.

"남자 친구 회사라면 핸드폰에 주소를 찾을 만한 단서가 있지 않을까? 택시 어플이나 지도 검색 목록, 아님 건물 사진 같은 거라도. 하늘이 너는 선생님 폰 뒤져 봤지?"

하늘이가 이상하다는 눈으로 수영이를 쳐다봤다.

"아니. 당연히 안 봤는데."

"혹시 잠금 패턴 때문에 못 본 거야? 나, 선생님 패턴 본 적 있어."

우리 반 애들 중에 선생님의 폰 잠금 패턴을 모르는 사람이 있었던가. 기억하지 않으려 해도 한번 보면 절대 잊을 수 없다. 그 중요한 핸드폰의 잠금을 푸는 패턴이 'ㄴ'이라니.

하늘이의 눈빛이 조금 흔들렸다. 수영이의 얼굴에 아차 싶은 표정이 스쳤으나 언제나 그랬듯 곧 자연스럽게 웃으며 눈을 찡긋했다.

"난 선생님을 찾는 게 우선인 거 같아서……. 그렇지만 우리가 선생님 사생활까지 볼 권리는 없지."

두 사람을 빤히 쳐다보던 해란이가 핸드폰을 꺼내 들었다. 태블릿을 들여다보더니 어디론가 전화를 걸었다. 해란이 특유의 도도하고 유려한 말투. '이렇게까지 예의를 갖춰 말하는데 중간에 자르거나 끼어들기만 해 봐.'라고 벼르는 듯한 말의 높낮이. 상큼하지만 섣불리 손을 대기는 어려운, 레몬처럼 싱그러운 목소리……는 온데간데없이 사라지고.

"최문호 아저씨 맞으시죠? 저는 한유나 선생님 제자 되는 학생입니다아! 긴히 드릴 말씀이 있는데 오늘 시간 좀 내 주시죠? 몇 시, 어디로 가면 되나요? 아아, 제가 선생님 건 줄 알고 장난삼아 뭘 좀 훔쳤거든요. 근데 그게 아저씨 물건이라네요? 직접 가서 돌려드리랍니다, 우리 교장 선생님이! 그게 뭐냐고요? 이거 뭐, 외장 메모리 같은데. 열어 봐도 돼요? 아, 뭔진 몰라도 그건 안 된다? 예예, 돌려드릴게요. 음…… 바쁘시구나. 거, 신기하네요. 저도 학원 다니느라 바쁜데. 뭐, 제가 안 가면 아저씨가 학교로 오셔서 교장 선생님 뵈면 되는 거고요. 미래의 꿈나무 교육을 위한 공공의 의무, 도덕적 봉사다, 이렇게 생각해 주시면 저야 몸도 편하고 시간도 아끼고, 감사하겠습니다만? 솔직히 저 귀찮은데 그냥 아저씨가 학교로 직접…….”

고개를 주억거리던 해란이가 전화를 끊었다. 그러고는 받아 적으라는 듯 턱짓하며 말했다.

“‘헤론드’라는 카페. 오후 7시.”

영화에서나 본 돈 뜯으러 가는 깡패의 말투 아닌가.

“진짜 교장 선생님 연결해 달라고 하면 어쩌려고 그랬어.”

수영이가 조심스럽게 말했다.

“벌점 한 번 쌓이는 게 남의 핸드폰 보는 것보단 나은 거 같아서.”

해란이가 엉덩이를 털며 자리에서 일어났다.

혹여 다른 애들이 이상한 낌새를 알아챌까 봐 빈 음악실에 모였던 우리는 한 사람씩 따로따로 교실로 향했다. 나는 마지막으로 음악실을 나와 문을 잠갔다. 긴 생머리를 휘날리며 멀리 모퉁이를 돌아가는 해란이의 뒷모습을 보다가 나도 모르게 지그시 입술을 깨물었다.

하늘이는 선생님을 찾는 데 가장 먼저 앞장섰다. 해란이는 위험을 무릅쓰고 매번 중요한 정보를 찾아내고 있다. 나도 모두의 입이 딱 벌어질 만큼 끝내주는 도움을 보탤 수 있다면 참 좋을 텐데. 애꿎은 머리만 벅벅 긁고 말았다.

이번엔 꼭 앞장서서 내 몫을 해내고 말겠다. 선생님을 찾기 위해 내가 잘할 수 있는 일이 있을 거다. 없으면 찾아서라도 해내야지! 나는 열쇠를 쥐고 있던 손에 힘을 꽉 담았다.

건물 뒤편으로 나오자 상쾌한 바람이 불어왔다. 푸른 나무 잎사귀가 바람결에 서로 간질이며 볼을 비비고 있었다. 바람에 교복 셔츠 끝자락이 나풀거린 순간, 나는 해죽, 바보처럼 혼자 웃었다.

해란이는 깡패처럼 말해도 어찌 그리 귀여울 수가 있을까!

약속 시간까지 10분쯤 남아 있었다. 평소에도 말이 없는 수영이지만, 버스를 타고 광화문까지 오는 길 내내 차창 밖을 보며 한마디도 하지 않았다. 다만 간헐적으로 울리는 핸드폰을 들여다보다가 화면을 껐다 켰다만 반복했을 뿐. 학원이나 과외를 빼먹어서 잔소리라도 들은 걸까.

수영이는 캐모마일 차를 주문해 놓고 한 모금도 마시지 않았다. 보통은 실없는 농담을 하면 핀잔으로 장단을 맞추며 어울리는데, 웬일인지 무표정으로만 일관했다. 딱히 화가 난 것 같지도, 무언가를 걱정하는 기색도 아니었다. 그저 멍하니 있다고 보기엔 눈빛에 빈틈이 없다.

사람에게서 아무 감정이 느껴지지 않는다는 건 아주 기묘한 기분이었다. 오죽하면 해란이와 하늘이도 수영이의 눈치를 살피는 기색이 역력했다.

"내가 그 사람이랑 둘이서 대화해 볼게."

수영이가 손끝으로 테이블을 두 번 두드리며 단호히 말했다. 아무래도 넷이서 상대하면 질타하는 분위기가 되어 버릴 테니 한 사람이 대표로 나서는 게 맞긴 하다.

"해란이는 감정적으로 굴 거 같아. 하늘이는 남학생이라 쓸데없는 오해를 살 가능성이 있고. 영우 너는……."

수영이가 나를 가만히 보다가 짤막히 말했다.

"적당하지 않은 거 같아."

"총대 맨 건 난데, 영웅 노릇은 네가 하시겠다?"

해란이가 볼멘소리를 내며 눈을 가늘게 떴다. 수영이는 시간을 확인하더니 조금 빠른 속도로 대꾸했다.

"선생님의 행방을 알기 위해 온 것뿐이야. 연애가 어쨌느니, 그쪽이 잘못했느니, 우리가 관여할 바도 아닌데 말실수해서 좋을 거 없잖아."

"매정하기는."

"자칫해서 선생님 연애 얘기를 듣게 되면, 그게 핸드폰 보는 거랑

다를 게 있나? 사람 속여서 불러낸 건 목적이야 무엇이든 우리 잘못인 거고. 선생님에 대한 정보를 받으면 우리는 고마워해야 할 입장이라고. 실수라도 하게 되면 너희가 그렇게 아끼는 선생님까지 욕먹게 하는 짓인데. 선 넘지 않고 공손하게 부탁할 자신 있어?"

수영이가 말을 마치자마자 카페 입구에서 낯익은 얼굴의 그 남자가 나타났다. 수영이는 눈짓으로 우리의 동의를 얻은 뒤, 남자가까이로 다가가 반듯하게 인사를 건넸다.

우리는 멀찍이서 수영이가 상냥한 미소를 띠고 선생님의 첫사랑이라는 남자와 대화하는 모습을 지켜보고 있을 수밖에 없었다.

"아, 씨! 쟤 뭐라는 거야. 궁금해 죽겠네."

해란이가 구둣발로 테이블을 툭툭 건드렸다.

"저 사람이 아니었으면 선생님은 무슨 일을 하고 있었을까."

찻잔 가장자리를 만지작거리던 하늘이가 말했다.

"분명한 건 서로가 이렇고 이런 사람이 있는 줄도 모르고 살았을 거라는 거지."

우리 선생님이, 선생님이 아니었더라면……. 그런 생각은 미처해 본 적이 없다. 선생님은 늘 학교와 세트였으니까. 어쩌면 우리는 길거리를 지나다가 실수로 어깨를 부딪쳐도 "아, 미안합니다." 하고 스쳐 지나가는 사람이었을 수도 있다. 그렇게 생각하니 이상한 무력감이 들었다. 어쩌면 정말 이대로 열쇠를 돌려주지 못하고, 영영 남이 되어 버릴 수도 있다.

으아! 정신 차리자! 나는 다시 주먹을 꽉 움켜쥐었다. 이게 다 수영이의 쓸데없는 말 때문이다. 적당하지 않다니. 사람 마음을 삽으로 푹 떠서 휙 던져 놓는 저 무심함! 마치 '너는 자격 미달'이라고 단정 짓는 듯한 그 표정!

아무리 수영이라도 그런 말은 너무했다. 머리가 좋아 본인에게 성가신 일은 만들지 않는 점, 본보기가 되는 말로 늘 모범적인 모습을 보이면서도 정작 나서야 할 일이 생길 땐 슬그머니 물러서서 방관하기만 하는 평상시 그 애의 태도. 치사하고 비겁하다고 생각했지만 악의를 품을 정도로 관심을 두진 않았다.

하지만 사람에 대해 제멋대로 판단하는 건 선을 넘어선 것 아닌가?

'어울리지 않아, 적합하지 않아'라면 모를까, '적당하지 않다'니. 내가 로봇 같은 도구도 아니고 말이야!

얼마쯤 지났을까. 남자가 웃으며 자리에서 일어났다. 그는 반쯤 마신 음료를 카운터에 건네주고 카페 입구를 향해 몸을 돌렸다. 그가 막 문을 열고 나가던 순간.

"그래! 이모한테 안부 전해 주고."

툭툭, 테이블을 치던 해란이의 발이 멈추었다.

말재주 좋게 처세라도 한 모양이지. 속으로 투덜거리고 있는 사이, 수영이가 테이블로 다가와 앉았다.

"모른대."

한참을 테이블 앞에서 웃으며 대화하더니. 모, 른, 대?

"근데 묘한 얘기를 하더라."

수영이가 흠, 하며 짧은 한숨을 내쉬고 말을 이었다.

"며칠 전에 선생님을 만났대."

모두의 눈이 동그랗게 커졌다. 선생님이 다녀갔다! 우리는 연을 쫓아 달리는 꼬마들처럼 어서 말을 해 보라며 초조하게 발을 굴렀다.

"선생님이 이렇게 말했대."

수영이는 침을 삼키며 모두를 한 차례 둘러보고는 이야기를 전했다.

"사랑할 수 있는 사람이 되어 줘서 고마웠다고."

우리는 찬물을 된통 맞은 꼬마들처럼 멍하니 앉아 있었다.

"그리고……."

수영이는 모호한 얼굴로 한마디 덧붙였다.

"'이젠 더 이상 누군가에게 내 꿈을 맡기지 않겠어.'라고 했다더라. 문자로 봤을 땐 이상한 사람인 줄 알았는데 그렇지도 않았어."

"그분이 선생님의 꿈이었단 말이지?"

"하지만 그게 싫어졌단 거지."

한 사람이 다른 사람의 꿈이 된다는 건 어떤 기분일까? 아름답고 소중한 것을 나누는 기분일까? 아님 한없이 부담스럽기만 한 기분일까?

"웃으면서 먼저 돌아섰대."

수영이도 의외라는 듯 말했다. 선생님은 어째서 울음을 터뜨리거나 그를 붙잡으려 하지 않았을까?

해란이는 그래서 선생님은 대체 어디에 있는 줄 알긴 아는 거냐고 재촉하듯 물었다.

"가끔 바람 쐬러 간다고 며칠씩 여행갈 때마다 가는 데가 있긴 한데, 확신은 못 하겠다네."

"어디?"

나는 툭 던지듯 물었다.

"'하나의 하루, 하루의 하나'."

"그게 뭐 하는 곳인데?"

"작은 영화관인가 봐. 고전이나 시리즈물만 모아서 온종일 상영해 주는 곳이래. 상영일 맞춰서 근처에다 아예 방까지 잡고, 며칠 동안 영화관에 살다시피 했었다더라."

얼른 그 '하나의 하루, 하루의 하나'라는 영화관을 검색해 봤다.

"여기서 좀 머네."

선생님의 첫사랑 상대에 대해 캐묻기 바쁠 줄 알았던 해란이가 샐쭉한 표정으로 수영이를 보고 있었다.

"다른 건 더 없었고?"

해란이의 질문에 가시가 돋아 있다. 수영이는 뭐가 더 있겠느냐는 듯 해란이를 흘끔 쳐다볼 뿐 아무 말도 하지 않았다. 다시 영화관 정보를 읽어 내려가던 나는 앗, 하고 자리에서 일어났다. 오늘이 시리즈 영화 상영의 마지막 날이다. 선생님이 만약 영화관에 갔다면? 시리즈물이 끝난 후에 다른 곳으로 홀쩍 다시 떠나 버린다면? 다들 제풀에 지쳐 선생님 찾기를 그만둬 버릴지도 모른다.

"제일 빠른 길로 가도 두 시간은 족히 걸려. 거기까지 갔는데 선생님이 영화관에 없으면?"

수영이가 손에 쥐고 있던 영수증을 구겨서 툭 던지며 물었다.

지금이다! 지금이야말로 내가 나서서 무언가를 할 수 있는 기회다!

"오늘 상영작이 〈스파이더맨〉이야. 선생님이 수업할 때마다 히어로들을 예로 들었잖아. 스파이더맨이 날아가는 곡선과 건물 위의 태양, 그림자의 방향! 설명했던 거 기억나지? 아! 히어로들이 저렇게 건물을 다 부수고 나면 그 뒷정리는 대체 누구더러 하라는 거야, 하며 투덜거린 것도! 선생님은 히어로물을 좋아한다니까 분명히 영화관에 갔을 거야."

나는 날아오는 야구공을 향해 배트를 단단히 움켜쥐고 선 사람처럼 두 눈을 똑바로 뜨고 말했다. 평소의 장난기 어린 말투를 거두자 아이들은 조금 놀란 눈치였다. 앉아서 고민에 빠져 있어 봤자 달라지는 건 아무것도 없다.

"출발하자!"

나는 기세 좋게 가방을 짊어지고 소리쳤다. 카페 안의 사람들이 깜짝 놀라 이쪽을 쳐다봤지만 개의치 않았다.

"퇴근 시간이라 차가 막히니까 지하철이 빠르겠네."

해란이가 쳇, 하고 가장 먼저 카페를 나서며 말했다. 하늘이도 가방을 들고 어서 가자는 듯 내 등을 툭툭 두드렸다. 단 한 명, 수영이만이 손톱의 거스러미를 무심히 긁어내며 걸음을 떼지 않았다. 나도 내 몫을 해낼 줄 안다, 이거지! 나는 수영이가 내게 했던 말을 보기 좋게 날려 버린 기분이 들어 자신만만해졌다. 수영이는 의자에 걸린 보조 가방을 챙겨 어깨에 걸쳤다. 천천히 걸음을 떼며 내 앞을 스쳐 지나가는 순간, 그 애는 나직하게 중얼거렸다.

"멍청이."

깜깜한 밤, 10시가 조금 넘은 시간. 마을버스 정거장에서 내린 우리는 내달리다시피 하여 영화관 앞에 도착했다. 서울이 맞긴 한데 번듯한 건물은커녕 사방이 허허벌판이라니. 길가의 가로등마

저 드문드문 둥근 빛을 비추고 있어 마치 유에프오들이 고요히 주차되어 있는 듯 기묘한 느낌이 들었다. 인터넷으로 본 영화관 사진은 적어도 10년 전쯤 찍은 게 분명해 보였다. 스파이더맨이 줄을 슬쩍 걸기만 해도, 배트맨이 옆에서 배트카에 시동을 거는 진동만 울려도 단박에 와르르 무너질 것처럼 낡은 건물. '하나의 하루, 하루의 하나'라고 쓰인 현수막과 건물 외벽에 붙은 빅 사이즈의 〈스파이더맨〉 포스터가 없었더라면 못 알아보고 지나칠 뻔했다.

"설마, 저게 매표소야?"

해란이가 입술을 찌그러뜨리며 손가락으로 건물 안을 가리켰다. 작은 사무용 책상 위에 놓인, 슈퍼마켓에서 쓸 법한 금전 등록기. 수염이 희끗한 할아버지가 두 다리를 책상 위에 올려놓은 채 느긋하게 부채질을 하고 있었다. 몇 차례 잔기침을 뱉던 수영이가 목을 큼큼거리며 쉿소리를 냈다. 급하게 내달려서 목이 건조해진 모양이었다.

"물……. 물 있는 사람?"

그래도 영화관이니까 자판기 정도는 있지 않을까. 컵에 담긴 솜사탕이라든가 팝콘 기계까지는 기대도 하지 않지만.

"네 명이면, 만 원."

어느샌가 입구로 다가온 할아버지가 손을 불쑥 내밀며 말했다.

그나마 관람료는 저렴하다고 생각하며 내 몫의 2,500원을 꺼냈다. 할아버지는 부채의 플라스틱 손잡이 부분으로 돈을 건네는 내 손을 딱 소리 나게 내리쳤다.

"한 사람당 만 원!"

"저흰 잠시만 들어갔다가 나오면 되는데요."

하늘이가 말했다. 할아버지는 앞니를 손톱으로 긁적이다가 투엣 하고 뭔가를 뱉어 냈다. 우리는 동시에 후다닥 뒤로 물러났다.

"1분이건 하루건, 만 원!"

캑캑거리던 수영이의 기침이 심해졌다. 하늘이가 할아버지 어깨 너머로 건물 안을 살폈다.

"그럼, 마실 것 좀 살 수 있을까요?"

예의 바르게 묻는 하늘이 앞에서 할아버지는 고개를 끄덕끄덕했다.

"물론!"

"사이다로 주세요."

수영이가 간신히 말했다.

"응. 한 개에 만 원."

할아버지는 부채 손잡이로 머리를 긁고는 손바닥으로 훌훌 비듬을 털어 냈다.

"뭐 이런 바가지가 다 있어요! 그냥 물이라도 주세요!"

"만 원."

"그럼 화장실만 쓰고 나올게요."

"들어가면 일단 만 원."

하늘이가 하, 어이없는 실소를 터뜨렸다. 또 폭발하려나 싶어 숨을 죽이고 있던 찰나! 하늘이는 지갑을 꺼내며 체념조로 조용히 말했다.

"일단 사이다부터 주세요."

성격대로라면 득달같이 따지고 들었을 해란이가 어쩐지 조용했다. 해란이는 조명이 밝은 곳에서 정신없이 가방을 뒤지고 있었다. 가방 안을 샅샅이 살피다가 아예 뒤집어 탈탈 털었다. 노트라고는 달랑 두 권. 태블릿 하나. 열린 파우치에서 작은 화장품들이 와르르 쏟아져 나왔다. 볼펜처럼 생긴 화장품 하나가 내 발치로 굴러왔다. 나는 얼른 쭈그려 앉아 바닥에 쏟아진 화장품들을 주웠다. 해란이가 초조하게 입술을 깨물며 걸어온 길을 돌아봤다. 우리가 달려온 밤길은 속절없이 횅했다.

"지갑이 없어."

그 와중에 할아버지가 내민 사이다는 '비매품'이라고 적혀 있는 뚱땡이 캔이었지만 우리는 시시비비를 가릴 기운이 남아 있지 않았다. 엎친 데 덮친 격으로 해란이의 핸드폰마저 간당간당하게 배터리 칸을 깜빡이다가 까무룩 꺼져 버리고 말았다. 불같이 화를 낼 거란 짐작과 달리 해란이는 우두커니 선 채 입을 꾹 다물고 있었다.

"혹시 최근 손님들 중에 말이에요. 키가 저보다 한 뼘 정도 더 크고, 눈이 동그란 여자분 보신 적 없나요? 단발머리에 볼이 조금 통통한 편이에요. 뺨이 유난히 빨갛고요."

속을 가다듬은 수영이가 할아버지를 보며 침착하게 물었다.

할아버지는 입을 조금 벌리고 생각에 잠겨 있다가 고개를 기우뚱했다.

"설마, 엊그제 그 VIP 손님?"

할아버지는 대뜸 눈을 크게 뜨며 물었다.

"그런 여자분이 왔었어요?"

"그럼! 오리 인형이 달린 지갑을 열었는데 만 원짜리가 이만큼이나 있었지!"

할아버지는 손으로 지폐 두께를 가늠해 보고는 입맛을 다셨다.

"돈을 넉넉히 주더니 'D열, E열의 두 줄 전부 예약해 주세요.' 하는 거야."

모두의 눈이 휘둥그레졌다. 선생님이 그만한 현금 다발을 들고 이곳까지 왔단 말이야?

"왜요?"

내가 물었다.

그러자 할아버지는 코웃음을 쳤다.

"달라기에 재깍 줬지! 그런 거 물어봤다가 마음이라도 바뀌면 어떻게 해?"

그럼 그렇지.

할아버지는 눈썹을 치켜올리며 혼잣말처럼 중얼거렸다. 대체 무슨 까닭으로 두 줄을 전부 예약했는가 싶어 슬그머니 상영관 안을 들여다봤었다고.

"여왕 같았어."

할아버지가 크으, 감탄하며 고개를 주억거렸다.

소심한 무수리라면 모를까. 선생님이 여왕 같았다니. 정말 우리 선생님이 맞긴 맞는 건가?

"오리가 달린 빨간 지갑. 맞아요?"

"아, 그렇다니까!"

할아버지는 사람 말을 그렇게 못 믿느냐는 듯 한쪽 발로 바닥을 찼다.

선생님은 뒷줄에 앉아 앞줄 의자 등받이에 턱을 기대기도 하고, 두 줄을 오가며 비스듬히 자리에 눕기도 하고, 토끼처럼 쭈그려 앉아 턱을 괴기도 하면서 영화를 봤다는데, 그 모습이 마치 한갓진 여왕의 휴식 같았다는 것이다.

늘 알뜰한 생활을 한다고 자랑하곤 해서 아이들로부터 '생쥐 손바닥'이라고 놀림을 받던 선생님. 다른 선생님들이 하나씩 들고 다니는 중저가 브랜드의 가방도 없이 에코백만 매고 다녀서 좀 꾸미고 다니라는 타박을 받던 선생님. 그 선생님이 돈다발을 들고 다니며 여왕의 휴식을 즐겼다니!

"어디로 갈 거라는 말은 없었습니까?"

하늘이가 물었다.

"그런 말을 뭣하러 해! 들었어도 벌써 까먹었지."

할아버지는 슬리퍼를 직직 끌며 안으로 들어가 버렸다.

맥이 빠졌다. 선생님은 잡힐 듯 잡히지 않고 자꾸 홀연히 모습을 감추고 만다.

선생님의 지갑 얘기가 나오자 해란이는 다시금 잃어버린 자기 지갑이 떠오르는 듯 한숨을 내쉬었다. 어디서 잃어버렸을까, 왔던 길을 되돌아가 볼까, 무슨 말이라도 꺼내야겠다는 생각이 들었지만 섣불리 말을 건넬 수가 없었다. 북적이는 지하철을 두 차례 환승하고, 버스를 타고, 마을버스로 한 번 더 갈아타며 여기까지 왔다. 떨어뜨린 곳을 정확히 기억해 낸다 한들 이미 막차 시간이 가까워져 있었다.

하늘이는 체크 카드를 꺼내 들고 현금 지급기가 있을 만한 곳을 물어봤지만 할아버지는 고개만 설레설레 저을 뿐이었다. 주변에는 그 흔한 편의점 한 곳도 보이지 않았다.

"우리 현금 얼마 있지?"

이 동네에선 플라스틱 조각이 되어 버린 체크 카드. 네 사람이 동전까지 꺼내 모은 현금은 13,700원…….

마을버스 막차를 놓치고 시내버스 정거장까지 전력으로 달려간다고 해도 시내버스의 막차 시간을 넘기고 말 것이다. 멀쩡히 차를 타고 돌아가려면 당장 출발해야 한다. 굳이 말하지 않아도 우리는 알고 있다. 하지만 누구도 선뜻 돌아가자고 말하지 않는다. 심지어 수영이마저도. 분한 마음으로 버티고 있는 것도, 기운이 빠져서 걸음을 뗄 힘이 없는 것도 아니다.

할아버지가 입구를 막지 말라며 쫓아내는 통에 우리는 영화관 건물 뒤편으로 갔다. 벽에 등을 기대고 앉아 기우뚱하게 뜬 달을 바라봤다. 각자 다른 생각을 하고 있지만 나란히 붙어 앉아 있었다. 사방이 어두웠지만 외롭지 않았다. 소리에도 온도가 있다면 너무 따끈하거나 깜짝 놀랄 만큼 차갑지도 않은, 미지근한 고요함이 무릎까지 차올라 있다.

미지근함에는 말로 표현할 수 없는 부드러움이 있다. 괜찮아, 괜찮아, 하며 장난스럽지만 다정하게 몸을 감싸는 느낌.

막차는 끊겼다. 시간 계산에 맞춰 그대로 돌아가는 게 현명한 길이었을까. 그럼 오늘은 멍청이가 되고 말지, 뭐.

딱 오늘 하루만!

근데…… 15분 남았다, 오늘.

우리는 엉덩이를 털고 일어나 건물 입구로 나왔다. 해란이의 파우치가 쏟아졌던 곳에 깨진 거울 조각들이 흩어져 있었다.

"손거울. 깨져 버렸네."

하늘이가 말했다.

"거울이 깨지면 재수가 없다던데."

수영이도 혼잣말처럼 중얼거렸다.

어이, 왜 다들 그렇게 기운이 빠진 거냐!

해란이가 늘 습관처럼 들여다보던 손거울. 흠집 나지 않게 안주머니에 넣고 다니면서 수시로 입김을 불어 말끔히 닦곤 하던 손거울이었다. 지갑을 잃어버리고, 거울까지 깨져 버렸으니 속이 많이 상했겠지. 나는 슬쩍 해란이의 눈치를 봤다. 해란이는 속눈썹이 긴 눈을 깜빡이며 거울 조각들을 내려다보고 있었다.

"달이, 엄청 많네."

해란이가 종알거렸다.

우리는 의아한 표정으로 해란이를 돌아봤다. 해란이는 밤하늘을 올려다보다가 거울 조각들을 가리켰다. 거울이 깨졌다는 것, 완전한 형태가 조각나 버렸다는 사실에 정신이 팔려 미처 보지 못했던 작은 빛들. 흩어진 거울 조각들이 달빛을 반사하고 있었다. 밤하늘 먼 곳에 뜬 달은 우리로부터 몇 걸음 앞, 길 위에 크고 작은 모습으로 빛을 내고 있었다.

영화 상영이 끝났는지 영화관 밖으로 사람들이 하나둘씩 나오기 시작했다. 이런 바가지 영화관에도 손님이 있긴 있구나! 우리는 마른침을 삼키며 건물 입구를 뚫어져라 쳐다봤다. 남색 모자를 눌러쓴 커다란 체구의 아저씨를 마지막으로 할아버지는 보란 듯이 건물 입구의 안쪽 유리문을 딸깍, 잠가 버렸다.

하늘이가 곤란하다는 듯 이마를 쓸어 올렸다. 나는 하늘이를 흘끗 쳐다봤다. 저 녀석은 난감해하는 옆모습조차 분위기 있어 보였다. 해란이는 아랫입술을 깨물며 생각을 알 수 없는 표정으로 유리문에 비친 실루엣을 바라보고 있었다. 건물 안의 텅 빈 로비를 바라보는 것인지, 손 얼룩진 유리문 위로 물 얼룩처럼 희미하게 번진 자신의 모습을 응시하는 건지는 알 수 없었지만 왜인지 속이 찌르르 울려왔다.

"팔자 좋네."

흥, 하는 코웃음과 함께 수영이의 목소리가 내 뒷덜미를 낚아챘다.

"여기까지 오자고 큰소리를 쳤으면 무슨 생각이라도 좀 내놔 봐야 하는 거 아니니?"

수영이의 말에 나는 숨을 크게 들이쉬었다. 어쨌든 같이 오겠다고 결정한 건 너희 아니냐고, 막 입을 떼려 할 때였다. 수영이가 들고 있던 빈 사이다 캔을 우그러뜨렸다. 밤하늘의 한 귀퉁이가 구겨지는 것 같은 소리였다.

"좀 봐줘."

해란이가 불쑥 말을 꺼냈다. 여전히 무표정한 얼굴이었지만 아까보다 턱을 조금 더 올린 채 시선은 영화관 간판을 향하고 있었다. 해란이의 가벼운 한마디에 나는 어깨가 흔들렸다. 해란이가 내 쪽을 돌아보려는 것 같아 나는 재빨리 고개를 숙여 멀쩡한 운동화 끈을 다시금 고쳐 맸다. 금방이라도 밤바람에 흩어질 것 같은 지금의 표정을 보이고 싶지 않았다. 운동화 끈을 묶었다 풀었다 반복하다 보니 평소의 실없는 말투가 새어 나왔다.

"버스를 놓칠 줄 몰랐숑!"

"하! 그럴 줄 알았다."

차가운 얼음 조각 같은 수영이의 목소리가 정수리 위로 떨어졌다. 내 눈앞에 보이는 수영이의 구두는 먼 길을 달려온 데에다 건물 뒤편 흙투성이 바닥을 걸어왔음에도 말끔하게 반들반들 빛나고 있었다. 어느 틈에 구두를 닦은 걸까. 나는 손을 털고 자리에서 일어났다.

"아까부터 기분 나쁜 말만 하고 말이야!"

"왜? 그건 듣는 쪽의 문제 아닌가?"

수영이는 손끝으로 턱을 매만지며 중얼거렸다.

순간 인내심이 뚝배기 속의 누룽지처럼 부글부글 끓어올랐다. 그러나 바로 곁에 해란이가 서 있었다. 어떤 말이 기분 나빴다고 주절주절 떠들면 그게 더 우스워 보일 것 같았다.

"실없긴."

수영이는 그럼 그렇지, 하는 투로 영화관 앞 쓰레기통을 향해 걸어갔다. 나는 헛기침을 하며 수영이를 쫓아갔다.

"무슨 뜻인지는 너도 잘 알지 않아? 너 말이야. 사람이 무게를 재서 파는 땅콩이냐?"

"땅콩?"

수영이가 한쪽 눈썹을 찡그리며 웬 뚱딴지같은 소리냐는 투로 되물었다.

"그러니까…… 크기만 보고 실팍하다, 아니다 따질 수 있는 고등어냐 말이야. 저울로 무게 달고 자로 길이 재는 것만으로는 알 수도 없고, 안다고 자신만만해서도 안 되는 거잖아! 남에 대해 함부로 단정 짓지 말란 말이야!"

"바보처럼 말하고 행동하니까 바보 취급을 하는 것뿐이야. 그게 싫으면 멍청이 흉내 그만 내. 보는 쪽이 민망하니까."

"어른스러운 척하는 너는 바보 같지 않은 줄 아냐?"

아무리 구두를 깨끗하게 닦았다고 해도 이미 땀에 절어 구겨진 교복 블라우스 깃은 어쩔 수가 없다. 목이 마를 때는 연기 마신 너

구리처럼 캑캑거려 놓고 이제 와서 차분한 척한다고 멋져 보이지는 않는다는 말이지. 멀리서 해란이가 다가오고 있었기에 나는 입 안에 물고 있던 말을 씹어 삼켰다.

"척이긴 하지만 그래도 난 뭐라도 했잖아. 넌 졸졸 따라만 다녔고."

수영이가 화를 꾹꾹 눌러 밟으며 침착하게 말했다. 어쩐 일인가 싶어 돌아보니 아니나 다를까 뒤편에 하늘이가 잰걸음으로 따라오고 있었다. 우리는 대체 왜 이렇게 다투기만 하면서도 계속해서 뭉쳐 다니는 걸까. 이럴 바엔 차라리 흩어져서 선생님을 찾는 편이 더 효율적이었을 텐데.

"그렇잖아도 뭔가 해야지, 나도 생각하는 중이라고!"

나는 목소리를 약간 낮추었다.

"넌 말이야, 늘 생각만 많아. '해야지'와 '하자'는 다른 거야. 난 하지 않을 맘이라면 '해야지'라는 생각조차 하질 않아."

얘는 왜 늘 모든 것을 다 아는 것처럼 말하는 걸까. 본인 생각이 온 세상의 기준이라도 되는 것처럼.

"네가 실없어 보이는 게 띨띨한 말투 때문만은 아니야. 넌 매번 이런 식이거든. 뭘 준비할 때는 실컷 파이팅 하자고 외쳐 놓고, 막상 판이 벌어지면 허둥지둥 일찍 집에 돌아갈 생각만 하잖아."

"각자의 사정이 있는 거 아니냐? 하고 싶어도 못 하는 거라고!

누구나 너처럼 공부만 하면 칭찬받을 수 있는 편안한 처지는 아니니까!"

"가벼운 척 그렇게 얼렁뚱땅 넘어가려고 하지는 마."

맞받아치려던 내 입을 막은 것은 멀리서 들려온 둔탁한 소리였다. 무거운 상자를 내려놓는 소리. 남색 모자를 눌러쓴 아저씨가 막 트럭 운전석에 올라타고 있었다. 이윽고 그릉, 그릉, 몇 차례 시동 거는 소리가 들려왔다.

나는 트럭과 영화관을 번갈아 봤다. 농도가 고르지 못해 얼룩덜룩한 시골 밤하늘 위로 탄산 기포가 솟아올라 별이 되는 것 같았다. 나는 바닥에 떨어져 빛나는 거울 파편을 집어 들었다. 그러고는 〈스파이더맨〉 현수막이 걸려 있는 영화관 벽을 향해 뛰어올랐다. 거울 파편의 날카로운 단면으로 현수막이 묶여 있는 매듭을 끊어 냈다. 현수막이 펄럭이며 내 정수리를 덮었다. 현수막 안에서 허우적거리던 도중 쾅, 벽면에 얼굴 한쪽을 부딪쳤다. 눈앞이 아찔했으나 꿋꿋이 걸어 나와 남은 세 개의 매듭을 순식간에 끊어 냈다.

"야!"

누군가의 외침이 등 뒤에서 들려왔지만 신경 쓸 겨를이 없었다. 뻣뻣한 재질의 현수막을 둘둘 말아 옆구리에 끼고 멀찍이 떨어진 트럭을 향해 달음박질쳤다. 미리 운동화 끈을 묶어 두길 잘했다고 생각했다.

"저기요!"

나는 출발하려는 트럭의 문 손잡이를 겨우 움켜잡았다. 아저씨는 뭘 그렇게 열심히 쫓아왔냐는 듯 콧등을 긁적이며 나를 돌아봤다.

"〈스파이더맨〉, 팬이시죠?"

아저씨는 현수막과 나를 번갈아 봤다. 나는 이마에 땀이 송골송골 맺힌 채 아저씨를 쳐다봤다.

잠시 후, 우리는 트럭 짐칸에 나란히 누웠다. 아저씨가 덮고 있으라고 신신당부했던 빈 종이 상자를 턱 밑까지 내린 채 다들 말없이 밤하늘을 올려다봤다.

킥. 웃음소리가 새어 나왔다. 굳이 보지 않아도 해란이의 웃음소리라는 걸 알 수 있었다.

"남의 걸 막 훔치고 그래도 되나?"

하늘이가 말했다. 그러나 모난 목소리는 아니었다. 오히려 조금 들뜬 듯했다.

"치사한 갑질 앞에서는 깝쳐도 된다고 봐."

수영이가 흥얼거리듯 중얼거렸다. 밤공기가 달콤했다.

옆에 나란히 누워 있던 수영이는 문득 나를 돌아보고는 뜨악한 듯 소리쳤다.

"야! 너 얼굴이 엄청 부풀었다."

나는 벽에 부딪쳐 퉁퉁 부은 한쪽 얼굴을 손끝으로 더듬어 봤
다. 따끔하면서도 찌릿한 통증이 희미하게 느껴졌다.

"해란이네 집에 있던 물고기 같송."

내가 혼잣말처럼 중얼거렸다.

"구피?"

해란이가 말했다.

"구피는 디즈니 만화에 나오는 캐릭터 아니야?"

"그 구피랑은 달라."

"근데 디즈니의 구피, 그 녀석. 개 맞지? 무슨 종일까?"

"귀가 긴 걸 보면 닥스훈트 아니려나."

"비글이겠지."

"아, 우리 강아지 밥 줘야 하는데."

"뭐야, 영우 너 강아지 키워?"

우리는 천천히 달리는 트럭 짐칸에 누워 재잘거렸다. 아저씨는
운전석 옆 조수석에 〈스파이더맨〉 현수막을 곱게 접어 놓아 뒀다.
나는 아직까지도 얼얼한 손바닥을 쥐었다 폈다 했다. 거울 조각을
쥔 채 거미처럼 벽면으로 뛰어오르던 순간의 아찔함도, 아저씨와
서울까지 가기로 흥정을 마친 뒤 서둘러 친구들을 먼저 짐칸에 올

라타게 하던 때의 심장 박동도 마치 거짓말 같았다.

"아! 봤송? 커다란 별이 날아갔어!"

나는 하늘을 가로지르는 흰 불빛을 향해 손을 치켜들었다.

"멍청이. 저건 비행기야."

"다친 애한테 멍청이라니 너무했다."

아이들이 키득거리며 웃었다. 나는 숨을 고르며 잠시 눈을 감았다.

"뭐야, 얘 자는 거야?"

그새 해란이의 호들갑이 들려왔다. 나는 해란이가 보고 있다는 사실이 좋아서 그대로 눈을 감고 있었다.

"대단하다. 이런 데서도 잘 수 있는 거냐?"

수영이의 품, 웃음소리가 잇달아 들려왔다. 흔들리는 트럭 짐칸이 마치 땅 위를 낮게 날아가는 마법의 양탄자 같다. 이런 순간에도 팔자 좋은 상상이라니. 친구들은 주제를 바꿔 들뜬 목소리로 대화를 이어 나갔다. 듣기 좋은 대화 소리. 너무 적막하지 않은 알맞은 온도의 고요. 그 평온함이 좋아 나는 계속 눈을 감고 있다가 어느새 진짜로 깜빡 잠이 들고 말았다.

수영
...
선생님에게 그런 '친구'가 있다니

"어이! 다들 먼지투성이구먼."

아저씨의 목소리에 덮고 있던 상자를 들추고 일어났다. 뻐근한 목을 매만지고 있는데, 먼저 트럭에서 내린 영우가 손을 내밀어 주었다. 나는 잠시 주춤하며 눌린 머리카락을 매만졌다. 영우 녀석은 도리어 어서 내려오지 않고 뭐 하느냐는 표정으로 나를 바라봤다. 괜히 민망해져 중얼거리듯 인사했다.

"고마워."

영우는 내 말을 듣지 못했는지 별다른 대꾸 없이 다른 아이들이 내려오는 것을 차례로 도와주었다. 하는 짓을 보면 손이 많이 가면서도 예상치 못한 때에 손을 내밀 줄 아는 희한한 녀석이다.

아저씨는 모자를 벗고 땀에 젖은 머리카락을 벅벅 긁으며 호쾌하게 말했다.

"푸헛! 그냥 부탁만 했어도 태워 줬을 텐데. 천장에 붙여 두고 자고 일어날 때마다 봐야겠구먼."

아저씨는 영우가 멋대로 떼 온 〈스파이더맨〉 현수막을 마치 귀한 금사과라도 얻은 소년처럼 소중히 바라봤다. 저깟 게 그렇게나 의미 있는 걸까 싶었지만 남이 소중하게 여기는 것을 이해하려는 건 역시 쓸데없는 욕심이라고 생각했다.

"에에, 너무합니다용!"

영우가 괜스레 분한 척하며 발을 굴렀다. 저 과장된 행동에 다시 재생 버튼이 켜졌군. 무작정 남의 트럭을 타고 온 건 나답지 않은 일이었다. 태연한 척했지만 아직도 가슴이 두근거렸다.

인정하고 싶진 않지만 나는 내심 다른 녀석들을 믿고 있었다. 다들 제멋대로인 성격이긴 하지만 결코 만만치 않은 녀석들이라고. 네 명이 함께일 때만큼은 조금 마음을 놓아도 괜찮다고.

길가에 서 있던 해란이는 달려오는 택시를 세워 말없이 올라탔다. 해란이를 태운 택시는 쌩하니 순식간에 멀어졌다. 인사도 없이 사라지는 저 황당한 성격이란. 애초에 택시를 타고 갈 방법이 있었다면 왜 굳이 먼지를 뒤집어쓰며 트럭에 올라탄 거람? 방금 전까지만 해도 트럭에서 킥킥거리며 이야기를 나눠 놓고 저렇게 혼자 가 버리는 건 무슨 경우지? 어처구니가 없어 허리에 손을 얹은 채 도로를 바라봤다.

찰칵. 셔터 소리에 시선을 돌렸다. 저만치 앞쪽에 달려가 서 있는 영우가 멀어지는 택시의 번호판을 찍고 있었다.

"아, 혹시 모르잖송. 위험하니깐."

영우는 히히, 쑥스럽게 웃으며 코끝을 긁적였다.

가벼운 손길이 어깨를 툭 건드렸다. 하늘이가 빙긋 웃고 있었다.

"저기 심야 버스 왔는데. 먼저 가도 될까?"

"어어……."

어색하게 얼버무리는 사이에 하늘이는 버스 정거장을 향해 달려갔다. 단단해 보이는 앞모습과 달리, 함부로 열지 말아 달라고 말하는 듯 작은 문을 닮은 뒷모습. 나는 미처 손을 내뻗거나 조금만 기다리라고 불러 세우지 못한 채 서 있었다. 같은 동네까지는 한 정거장 남짓 되는 거리다. 시간이 조금 걸려도 함께 걸어가면 좋았을걸. 못내 하늘이가 원망스러웠다.

"이게 뭐야?"

영우의 심각한 목소리에 뒤를 돌아봤다. 영우의 손에 들려 있는 엽서를 본 순간 나는 헉, 숨을 멈추고 말았다. 드넓은 초원의 풍경이 인쇄된 엽서. 트럭에 놓아 뒀던 가방 지퍼가 어느 틈엔가 열려 버렸던 모양이다.

"이거 선생님한테 온 엽서잖아. 너, 설마 선생님 집에서 이거 훔쳐 온 거야?"

영우에게서 재빨리 엽서를 빼앗으려다가 움찔했다. 평소와 달리 심각한 얼굴로 양심에 못질하듯 말하는 영우의 말투.

"너도 아까 현수막 훔쳤잖아!"

나는 도리어 큰소리치며 눈을 부릅떴다.

"그건 같이 살기 위한 발버둥이었고. 그 컴컴한 길바닥에서 옥수수 네 개처럼 나란히 누워서 잘 순 없잖냐?"

영우의 목소리가 조금 풀어졌다. 나는 아랫입술을 지그시 깨물었다.

"근데 이상하다. 선생님 친구 없다고 했잖아. 이 사람 완전 간절하게 선생님을 찾는 친구인데? 내용도 그렇고 말이야."

바람에 휘날리는 버드나무 이파리처럼 휘갈겨 쓴 글씨체. 선생님에게 꼭 연락 달라며 남들이 볼지도 모르는 엽서에 당당하게 전화번호를 적어 놓은 사람. 선생님에게 이런 친구가 있다니…….

일부러 훔쳐 오려던 건 아니었다. 선생님 집에서 잠깐 화장실에 들르던 중 액자 틈에 놓인 엽서를 무심코 집어 들었다가 엽서 뒷면의 내용을 보게 됐고, 화장실을 못 찾았느냐는 할머니의 물음에 얼떨결에 엽서를 치마 주머니 속에 숨겼다. 그리고 그대로 선생님의 집을 나오고 만 것이다.

"뭐야, 친구분한테 연락했으면 바로 찾을 수 있었을 거 아냐?"

영우가 한쪽 눈썹을 올리며 투덜거렸다.

"엽서에 전화번호를 다 적어 놓고. 사람이 어딘가 위험해 보이잖아!"

내가 대꾸하자 영우는 힐끔 내 표정을 살피더니 해실거리며 웃었다.

"아니지? 너, 위험해서가 아니라 하늘이랑 더 같이 다니고 싶어서 말 안 한 거지?"

당장이라도 영우 녀석의 멱살을 쥐고 싶은 심정이었다. 녀석이 눈치챘다면 발뺌하는 게 오히려 우스워 보일 터. 나는 한 발짝 물러나 턱을 치켜들고 당당히 대꾸했다.

"그래! 그게 왜? 생고생해서 열 받았냐? 나는 원래 이래. 나만 생각해. 내가 좋은 애라고 생각해 본 적 없어!"

영우가 입을 조금 벌린 채 의아한 얼굴로 나를 바라봤다.

"있다고 생각하는데……."

"뭐?"

"그런 이유라면 말하지 않을 수 있다고 생각하는데, 나는."

나는 가방을 고쳐 메고 타박타박 동네를 향해 앞서 걸었다. 틀림없이 엉망일 내 얼굴을 녀석에게 보이고 싶지 않았다. 눈치라고는 좁쌀만큼도 없는 영우가 후다닥 내 곁으로 달려왔다. 정말이지 지치지도 않는 걸 보면 이 녀석은 전생에 알프스 산맥을 뛰어다니던 염소였던 게 분명하다.

문득 영우는 오후에 갔던 카페 이야기를 꺼냈다.

"아까 '니들이 아끼는 선생님'이라고 했잖아. 넌 정말 선생님이 걱정되진 않는 거야?"

무심결에 뱉은 말이었다. 어쩌다 보니 넷이 함께 다니고는 있지만 어차피 일시적인 만남일 뿐이니까. 목표를 공유하는 건 좋지만 적당한 마음의 거리를 유지해 달라고.

"걱정? 어른이 자기 앞가림도 못 하겠어? 설령 무슨 일이 있다고 한들 난 선생님한텐 관심 없어."

"신기하다."

"뭐가?"

"진짜인 것처럼 말하는데 왜 거짓말처럼 들리지?"

영우는 고개를 갸우뚱하다가 휙, 내 쪽으로 몸을 돌렸다. 조심성 없는 녀석 때문에 서로 이마를 찧을 뻔했다.

"너, 하늘이 어디가 그렇게 좋아?"

나는 부딪치지도 않은 이마를 문지르며 도로 위를 지나는 차들을 바라봤다. 색색 가지 불빛들을 멍하니 보며 눈을 깜빡였다.

"그 애가 궁금해."

혼잣말이었다. 그런데 영우는 본인한테 하는 말인 줄 알았는지 이해한다는 듯 고개를 끄덕였다.

"하긴 SNS도 안 하지, 말도 없지."

어떤 녀석인지 알기 어렵긴 하지, 하는 말투였다.

그게 아니다.

좋아하는 이유를 영우가 이해하지 못하는 건 상관없지만 제멋대로 오해하게끔 놔둘 수는 없다. 나는 걸음을 멈추고 영우 눈을 보며 또박또박 말했다.

"있지. 난 잘 모르는 애를 좋아하게 된 내 심리가 궁금한 거야. 나는 사람한테 호감이 생기면 이 사람은 이런 점이 좋다, 꼭 집어낼 수 있었거든. 아니, 알아낼 수 있을 때까지 생각해서 꼭 답을 찾곤 했거든."

"와! 얘 되게 복잡한 애랍숑!"

영우 녀석은 분위기가 진지해지자 또 장난스럽게 얼버무릴 눈치였다. 하지만 할 말은 끝까지 해야지.

"근데 하늘이한테 느끼는 감정이랄까, 그런 건 좀 특이해. 생각보다 마음이 더 빠르게 달려서, 지금보다 더 좋아질 거 같아. 그래서 말이야. 만약에, 언젠가! 고백이라도 하게 된다면 이렇게 말하고 싶어. '나는 너의 이러이러한 면이 좋아서 같이 있고 싶었다, 그러기 위해 최선을 다했고 그 시간이 즐거웠다.'고."

열변을 토해 내고는 지레 민망해져서 핸드폰을 보는 척했다.

"멋진 말인데 왜 애틋하게 들리는감?"

나는 쭈그리고 앉아 구두코에 묻은 먼지를 닦아 냈다.

"그치? 멋지긴 하지?"

영우가 고개를 끄덕였다.

"다행이다. 그럼 차여도 좀 덜 쪽팔리겠다."

영우가 내 앞에 덩달아 쭈그리고 앉았다. 우리는 놀이터 모래밭에서 두꺼비집을 만드는 두 꼬맹이처럼 빤히 서로를 마주 봤다.

"근데 하늘이도 이미 눈치채지 않았을까? 지나가는 비둘기도 알 거 같은뎅."

나는 얼굴이 붉어지는 걸 느끼며 자리에서 벌떡 일어났다. 속절없이 먼저 가 버리던 하늘이의 모습이 떠올라 괜스레 화가 났다. 나는 영우에게 버럭 소리를 질렀다.

"좋아하니까 티가 나는 건 당연한 거 아니야? 나 좀 눈치채 달라고, 신경 써 달라고 일부러 티 내는 거다! 그게 부끄러운 일이냐?"

"그렇다고 말한 적은 없는데……."

어색한 침묵이 흘렀다. 화를 내고 있는 스스로가 부끄러웠는지도 모르겠다. 애꿎은 영우에게 큰소리친 게 새삼 미안해져서 다시 침착하게 목을 가다듬었다.

"난 '진심은 전해진다!' 이런 텔레파시 같은 거 안 믿어. 선생님

처럼 숨어서 노력하는 짝사랑도 적성에 안 맞아. 시간만 끌 바에
야 확실히 고백하는 편이 낫잖아."

"크흡!"

영우는 옆에서 재채기 같은 웃음을 내뱉었다.

"하지만 내가 보기엔 선생님이랑 너랑 엄청 닮았는데."

도무지 예쁘게 봐 주려고 해도 그럴 수가 없는 녀석이다.

언젠가 학교가 발칵 뒤집어진 적이 있었다. 누군가 스프레이 래
커로 체육관 벽면에 알 수 없는 낙서를 해 둔 것이었다. 학교가 웅
성거리는 가운데 하늘이는 조퇴를 하겠다며 가방을 챙기고 있었
다. 그 곁으로 다가온 선생님이 열이 있는지 보자며 이마에 손을
뻗었을 때, 하늘이는 선생님의 손길을 쳐내려다가 들고 있던 가방
을 떨어뜨렸다. 교실은 순식간에 고요해졌다. 하늘이의 가방에서
나온 붉은색 스프레이 래커가 속절없이 교실 바닥을 굴렀다.

"제가 그랬어요."

하늘이는 망설임 없이 말했다. 선생님은 래커를 주워 들고 이리
저리 살펴보다가 고개를 저었다.

"증거가 없어."

"네?"

하늘이가 당황한 듯 되물었다.

"비품실에도 이런 래커는 여러 개인걸. 네가 그랬다는 인증샷이

라도 찍어 놨니?"

말을 잇지 못하는 하늘이 앞에서 선생님은 태연하게 어깨를 으쓱했다.

"낙서를 한 범인이 걸리면 분명 징계를 받겠지. 며칠 학교를 쉬게 될 테고. 그 꿀 같은 휴식은 진짜 범인을 위해서 양보하라고. 참, 열이 없으면 조퇴도 취소!"

선생님은 못을 박듯 말하며 래커를 들고 나갔다. 그 후 체육관에 낙서를 한 범인은 끝까지 밝혀지지 않았고, 사건은 흐지부지되었다.

나는 억지스러웠던 선생님의 태도를 이해할 수 있었다. 조퇴하려는 하늘이를 보며 나도 같은 마음이 들었으니까. 어떻게든 외톨이가 되어 버리려는 하늘이를 혼자 있게 놔두고 싶지 않았던 거라고. 힘들 때 홀로 있으면 마음을 잠가 버리는 데에 익숙해지니, 어렵겠지만 사람들에게서 멀어지려 하지 말아 달라고. 그날 나는 처음으로 선생님에게 고마움을 느꼈다.

하늘이는 속이 깊으니까 선생님의 생각쯤은 곧 알아채지 않았을까. 이토록 선생님을 찾아다니는 걸 보면, 그때 자신을 혼자 있게 내버려 두지 않으려 했던 선생님의 마음에 답하고 싶은 건지도 모르겠다.

"또 하늘이 생각하숑?"

영우 이 자식!

말을 말자는 심정으로 걸음을 떼려는 순간, 낯익은 꽃무늬 그림이 눈앞을 스쳐갔다.

"나, 아까 이것도 주웠지롱!"

눈앞이 아찔해졌다. 영우의 손목을 움켜쥐려는 찰나 녀석이 빠르게 앞서 달리기 시작했다. 등에 매달린 가방이 촐싹이며 흔들렸다. 얼마간 쫓아가던 나는 가로수에 손을 짚고 서서 망연히 영우를 바라봤다. 나의 비밀 수첩. 비밀 수첩인 걸 들키지 않으려고 다른 수첩 몇 개와 똑같은 무늬로 골랐지만 가장자리에 꽃과 나뭇잎한 개를 손수 더 그려 넣었던 손바닥 크기의 작은 수첩. 그 속에이 세상보다 더 넓은 나의 비밀이 담겨 있다.

"너, 그거 주운 거 맞아? 내 가방 뒤진 거 아냐?"

나는 영우를 노려보며 수첩을 가리켰다. 지나가던 사람들이 우리를 힐끔거리고 있었기에 악쓰지 않으려 어금니를 악물고 있었다.

"씨크릿 눠트."

영우는 노트 속지에 내가 써 놓은 글귀를 보며 고개를 끄덕였다. 수첩을 넘기는 영우의 눈이 점점 커다래졌다. 그럴 만도 했다. 오랜 시간 모아 온 나의 비밀 조각들을 녀석은 단숨에 읽어 넘기고 있었다.

"하늘이는 사이다를 좋아한다. 시험을 볼 땐 늘 펜을 돌리는 습관이 있다. 가방은 주로 왼쪽으로 메는 걸 보아, 왼편을 경계하는 것 같다. 그러므로 다가갈 때는 오른쪽에 서는 편이 가까워지는 데에 좋다. 너무 단 과일은 좋아하지 않는다. 유제품을 먹으면 속이 좋지 않아 보인다. 음악은 주로……."

혼자 보는 것도 모자라 굳이 이 길거리에서 그런 걸 소리 내어 읽어야겠느냐 말이다. 그 애 앞자리에 앉은 애와 시시껄렁한 이야기를 주고받으며 친해진 것, 급식실에서 굳이 에어컨 바람이 정수리 위로 폭포처럼 쏟아지는 곳에 앉곤 한 것, 교실을 나오다가 뭔가를 두고 온 척 사물함을 뒤지며 시간을 끌었던 것, 학원에 늦어 꾸중을 듣고도 웃을 수 있었던 것. 그뿐만이 아니었다. 체육 시간엔 테니스공을 놓치지 않고 받아치면서도 하늘이에게 들키지 않고 그 애를 힐끔거리느라 진을 뺐다. 그 덕에 교실로 돌아갈 때면 어지러워 비틀거리곤 했다.

하늘이의 모습은 늘 계획으로 빈틈없는 내 시계의 초침 사이에 뿌려진 설탕 가루처럼 빛났다.

영우가 흠흠, 소리와 함께 내 눈치를 보며 다가왔다.

"저기 다른 사람들은 이런 걸 보고 이렇게 말하더라."

"뭐?"

"스, 토, 커!"

영우를 보다가 피식 웃어 버리고 말았다. 속에서 열꽃이 피어날 줄 알았는데 어쩐지 웃음이 났다. 틀린 말은 아니었으니까. 식성, 습관, 기분에 따라 달라지는 작은 손짓, 남들은 알아채지 못하는, 기뻐할 때의 입매.

스스로를 숨기고 싶어 하는 꽃봉오리 같은 남자애로부터 멀리 숨어, 망원경을 들고 시시각각 관찰하기 바쁜 수상한 여자애. 그게 바로 나였다.

하지만 영우도 남 말할 처지는 아니지 않은가?

"너, 괜히 질투하는 거지? 솔직히 너도 해란이 좋아하는 거 티내고 싶잖아. 너는 못 하는 걸, 가뜩이나 맘에 안 드는 나는 가끔 불쑥 해 버리니까 부러운 거잖아! 애꿎은 사람 공격하지 말고 소심한 너를 탓하라고!"

영우는 한쪽 팔을 물어뜯기기라도 한 듯 '아야야', 엄살 부리는 시늉을 했다. 영우는 내 옆에서 약 올리듯 수첩을 흔들었다. 그러더니 허공을 향해 양팔을 번쩍 들며 소리쳤다.

"고백이라!"

영우가 머리 뒤로 두 손을 깍지 끼며 몸을 흔들거렸다.

"내가 해란이한테 고백하면 보나 마나 웃음거리가 되겠지."

"늘 그랬듯 너도 같이 웃고, 뻥이었다고 하고 말면 되잖아. 너 잘 웃는 게 특기잖아."

"아니. 웃을 수 없을 것 같아."

짝사랑을 하면 한 사람의 이름이 내 마음으로 스며들어 제멋대로 번지는 거 같다. 좋아하는 마음을 색깔로 전할 수 있으면 좋을 텐데. 내 입술이 다홍색을 띠면 '얘는 나를 봄날의 꽃처럼 생각하는구나.', 연보라색으로 변하면 '슬퍼서 마음에 멍이 든 기분인가 보다.', 말하지 않아도 알 수 있겠지. 그럼 다른 애들처럼 사랑이라는, 애정의 빈부 차를 적나라하게 깨닫게 하는 말은 하지 않아도 될 텐데.

영우가 팔꿈치로 내 가방을 툭 쳤다.

"난, 고백은 농담처럼 전하고 싶지 않아."

오호라! 나는 속으로 쾌재를 불렀다. 드디어 영우 녀석에게 한 방 먹여 줄 때가 왔다.

"너, 해란이보다 쫄린다고 생각하지?"

영우는 내 수첩을 방패처럼 내둘렀다. 나는 어깨를 으쓱하며 말을 이었다.

"외모든 돈이든 상관없이 계속 쫄리는 기분이지 않으려나. 해란이가 완전 여드름투성이에 머리는 산발을 하고 길거리에 나앉은 애가 된다고 해도 영우 너는 쫄릴걸? 뭐, 그런 해란이라도 괜찮다면 말이지만."

헝클어진 머리카락을 벅벅 긁고 있는 해란이를 떠올리자 나도 모르게 음산한 분위기의 웃음이 흘러나왔다. 영우는 입술을 오리처럼 쭉 내민 채 아무 말도 하지 않았다. 녀석의 이마에 송골송골 맺힌 땀방울을 보자 너무 센 한 방을 명치에 내리쳤나 하는 생각이 들었다. 나는 조금 나긋해진 목소리로 입을 열었다.

"좋아하는 사람을 바닥에 깔아뭉개고 싶은 사람이 이상한 거라고 봐. 나보다 몇 계단 위, 좀 더 높고 근사한 자리에 앉혀 두고 싶은 게 당연한 거 아닐까. 왜, 더 좋아하는 사람이 지는 거라잖아. 짝사랑을 집어 올린 순간, 부록처럼 딸려 오는 게 쫄림이지."

"야! 너 나 응원해 주는 거냐?"

하여튼 이 녀석은 얄미움을 내려놓을 틈이라고는 안 준다니까.

"해란이를 올려다보거나 내려다보고 싶은 게 아냐. 같은 높이에서 마주 보고 싶은 거지……. 하지만 같은 높이에 서 있어도, 역시…… 쫄리겠지."

영우가 히죽 웃었다. 웃음은 가벼운데 생각은 묘하게도 깊은 녀석이다. 나도 덩달아 가볍게 맞받아쳤다.

"좀 쫄리면 어때? 설레잖아."

사거리에 섰다. 영우와는 다른 방향으로 각자 헤어져야 할 갈림길이었다.

나는 수첩을 달라고 재촉했다. 영우는 마지막으로 한 가지만 물어보자며 토끼처럼 폴짝폴짝 내 손을 피해 도망 다녔다.

"야, 여기 이거 말인데. 고백 대사 목록."

안 봐도 뻔했다. 나는 한쪽 주먹을 꽉 쥐며 이마를 두드렸다. 저걸 더 빨리 빼앗았어야 하는데! 영우는 흥얼거리며 목록을 읽기 시작했다.

1. 농구 경기 보러 자주 가지? 취미도 같은데, 나랑 사귀자.

2. 곧 방학인데 뭐 할 거야? 할 일 없는 거 다 알아. 나랑 사귀자.

3. 연애하면 엔도르핀과 세로토닌 분비가 활발해져서 학업에 도움이 된다더라. 일거양득이란 말도 있잖아. 시험 삼는 셈치고 나랑 사귀자.

4. 너 청소 당번 빼 줄게, 나랑 사귀자.

5. …… 아, 씨. 젠장!

"이건 사랑 고백이라기보단 협박과 협상과 회유 아니냐? 뭐, 안 사귀면 먹살이라도 잡을 기센데? 수영이 너, 공놀이라면 보는 것도 하는 것도 질색하잖아."

영우가 촐랑거리며 낄낄댔다.

"근데 그 많은 공들 중에서도 하필 제일 큰 공이 날아다니는 농구……."

영우가 아차, 싶은 표정으로 입을 다물었다. 녀석은 슬그머니 내게 수첩을 내밀었다.

유망한 농구 선수 꿈나무였던 하늘이가 농구를 그만둘 수밖에 없게 된 이유는 모두들 알고 있지만 쉬쉬하고 있다.

마침 신호등이 바뀌었다. 나는 인사 대신 한쪽 손을 들어 보이고는 길을 건넜다.

"수영아!"

대각선으로 건널목을 지나던 영우가 목청 높여 내 이름을 불렀다.

"근데 중요한 게 빠졌더라?"

굳이 말하지 않아도 알고 있다. 목록에 있는 게 자연스러울 가장 중요한 한마디, "좋아해!"

보통 고백의 운을 떼며 할 법한 말을, 나는 거절을 대비한 대사로 남겨 뒀다는 걸. "좋아했으니 됐어.", "멀리서 봤지만 행복했으니 그걸로 충분해."라고, 고백하기도 전에 거절당할 것부터 생각하고 있었다.

"난 그중 5번이 젤 괜찮던뎁숑!"

방방 뛰며 손을 흔들어 보이는 영우를 향해 나는 유유히 가운뎃손가락을 치켜들어 보이고는 길을 건넜다.

이런 욕을 해 보는 것도 참으로 오랜만이었다.

다음 날, 주말이었지만 우린 아침 일찍부터 학교 앞에 모였다.

엽서에 관한 이야기를 전해 들은 아이들은 잠시 분통을 터뜨렸지만 곧 머리를 맞대기 시작했다. 우왕좌왕하는 아이들 사이에서 아무 말도 하지 못하고 있던 나는 핸드폰을 꺼내 들었다.

"기왕 여기까지 온 거, 전화라도 걸어 보자."

표정을 가다듬고 최대한 차분하게 말했다. 전화번호를 누르자 대뜸 '땡벌'을 찾는 뽕짝 음악이 흘러나왔다. 잠시 후 걸걸한 목소리가 들려왔다.

"아, 예."

나는 선생님의 이름을 대고, 혹시 행방을 아느냐고 침착하게 물었다. 사실 냉정한 표정을 유지하려 애썼지만 심장이 두근거렸다. 그도 그럴 것이 상대방 여자의 목소리는 동굴을 들락날락하는 바람 소리처럼 걸걸했고, 말투는 그 동굴 안에 누워 있는 건들건들한 불곰을 연상케 했다.

"저기, 그럼 그곳에도 없다는 말씀이신가요?"

"에헤? 내가 언제 그런 말을 했어?"

다짜고짜 반말인 것도 거슬렸지만 어쨌든 아쉬운 건 우리 쪽이었다. 선생님과 친구일 것이란 생각이 들지 않아 호칭마저도 애매했다.

"거, 있는지 없는지는 직접 와서 눈으로 봐야 알 수 있는 거라고. 말을 못 알아듣는구먼."

상대는 오히려 답답하다는 투로 말했다.

나는 전화를 끊고 여자에게서 받아 적은 주소를 아이들에게 내밀었다.

"별로 멀진 않은데."

하늘이가 턱을 매만지며 고개를 끄덕였다. 가겠다는 의지가 분명한 얼굴이었다. 나는 벌써 몇 차례 빠진 학원이 마음에 걸리긴 했지만 전화를 건 순간부터 출발할 준비가 되어 있었던 것 같기도 했다.

"그럼 가잡숑."

영우가 해란이를 슬쩍 곁눈질하며 말했다. 해란이는 고개를 약간 기울인 채 새침한 표정으로 주소가 적힌 종이를 들여다봤다. 지도 어플로 주소를 찍어 보던 해란이가 거리 사진을 확대하더니 우리 앞에 들이밀었다.

"보여? 여기 간판."

쯧. 해란이가 짧게 혀를 찼다. 그도 그럴 것이 주소지로 잡힌 건물 2층에 '깡으로 흥신소'라는 간판이 떡하니 걸려 있었다.

"깡으로 가잡숑!"

그저 무한 긍정 파워가 넘치는 영우가 제자리 뛰는 시늉을 하며 말했다.

"싫으숑?"

영우는 해란이 팔을 살짝 건드리며 물었다.

"좀 더······."

해란이도 슬슬 지친 걸까.

"멀었으면 좋았을걸."

혼잣말처럼 중얼거리던 해란이가 긴 속눈썹을 깜빡였다. 그러더니 뭘 꾸물거리고 있느냐는 듯 물었다.

"바로 출발하지?"

폽. 지하철에 나란히 앉아 맞은편 출입구 위의 노선표를 바라보던 나는 별안간 웃음이 삐져나왔다.

"뭐니? 너, 지금 방귀 뀐 거?"

해란이가 얄밉게 물었다. 나는 그 애를 밉지 않게 한 번 흘기고는 두 손으로 청바지의 솔기를 다듬는 척했다. 언제부터인가 집에 있을 때보다 이 애들과 함께 있을 때 더욱 생기가 도는 기분이 든다. 하늘이를 보는 것도 좋지만 어쩐지 모험이랄까, 여행이 되고 있는 느낌이었다.

하늘이가 얼굴이 붉어진 채 발로 타닥타닥 리듬 타듯 바닥을 두드리고 있었다. 주로 하늘이가 웃음을 참을 때 나오는 행동이다. 설마 진짜 내가 방귀라도 뀐 줄 안 건 아니겠지. 나는 재빨리 다리를 꼬며 냉정하게 말했다.

"내릴 준비들 해. 다음 정거장이야."

방귀 소리가 아니었다는 걸 은근히 알려 주고 싶었는지도 모르겠다. 나는 먼저 자리에서 일어나 입구의 노선표를 보는 척했다.

주소지는 지하철역에서 그리 멀지 않은 곳이었다. 매번 택시만 타고 다니면서도 희한하게 길눈이 밝은 해란이가 앞서 걷다가 간판을 발견했다. 흥신소 간판 옆에는 어처구니없게도 태극기가 걸려 있었다. 공공 기관도 아니면서 엉뚱하게 웬 태극기람.

영우가 씩씩하게 흥신소 문을 열고 들어갔다. 안은 밖보다 더 후텁지근했다. 덩치 큰 파마머리 아줌마가 흰 정장 차림의 남자와 갈색 소파에 마주 앉아 고스톱을 치고 있었다. 동화책에 나올 법한 베짱이를 닮은 인상의 훤칠한 남자였다.

"어어, 니들이구먼. 일로 와. 왜 그러고 서 있어?"

아줌마가 우리를 보고 인상 좋게 웃었다. 약간 얼어붙어 있던 우리 넷은 쭈뼛거리며 아줌마 쪽으로 다가갔다.

"무슨 날도 아닌데 왜 함부로 태극기를 걸어 놓으신 거죠?"

누가 박해란 아니랄까 봐. 궁금한 건 일단 대놓고 물어봐야 직성이 풀리는 저 성격이란.

"허, 유나가 애들 가르치는 덴 소질이 없구먼."

아줌마는 슬리퍼에서 맨발을 빼내어 낡은 선풍기를 우리 쪽으로 두둑 밀어 주었다. 의외로 깨끗하고 발그레한 발바닥이었다.

"매일이 특별한 날이 되게 만들어 주겠다고, 만세! 살아 있길 잘
했다고 외칠 수 있게 만들어 주겠다는 것이 우리 '깡으로 흥신소'
의 소신이다!"

아줌마가 비장한 얼굴로 말했다. 넙데데한 콧방울과 두툼한 입
술, 무뚝뚝해 보이는 얼굴에 약간 다정함을 심어 주는 바둑알처럼
동그란 두 눈. 영화나 드라마에서 봐 온 흥신소라면 보통 누군가
를 윽박지르거나 거리의 노점상들을 때려 부수는 일을 하는 게 다
반사 아닌가. 인상에 속아 넘어가지 말자고 다짐했다.

"애들이 여길 다 찾아오고. 유나가 인기가 많았구먼. 그런데도
나를 찾아와서 그렇게 엄살을 떨었단 말이지?"

"아닌데요."

해란이가 질세라 받아쳤다. 두 사람을 지켜보자니 커다란 불곰
앞에서 작고 앙칼진 고양이가 깐족거리는 모습 같아 나는 재빨리
해란이의 입을 막고 끼어들었다.

"정말 선생님 친구분 맞으세요?"

"어허? 뭔 뜻이냐?"

내가 머뭇거리는 사이 해란이가 그 틈을 놓치지 않고 끼어들
었다.

"우리 선생님, 학교 때 친구 없다고 들었는데."

아줌마는 들고 있던 화투 패를 내려놓으며 흠, 소리를 냈다. 넉

살 좋던 인상이 대뜸 찡그려질 기세였다.

"니들, 유나가 걱정돼서 찾는 게 아니었다는 거냐?"

불곰이 포효하기 직전이다!

"다시 한번 인사드리겠습니다. 저는 선생님 반 반장 민수영입니다."

아줌마가 나를 위아래로 훑어봤다.

"깡사장님, 저는 이만 가 보겠습니다. 감사했습니다."

그때, 앉아 있던 남자가 일어나 다소곳이 아줌마에게 인사했다. 남자가 나가는 모습을 물끄러미 보고 있던 해란이는 문이 닫히자마자 재깍 중얼거렸다.

"저 베짱이 같은 아저씨는 위아래로 올 화이트네. 촌스럽게."

베짱이라니. 통했다. 웃음이 터져 나올 뻔했지만 아까의 일이 생각나 입술을 앙다물었다.

"돈 빌리러 온 거죠?"

해란이가 보나 마나 뻔하다는 듯 물었다.

"돈 내고 온 거다, 요놈아!"

아줌마가 쥐어박을 듯이 말했다.

"도박 중독이었는데, 여기서 재활 중이랄까. 내가 이래 봬도 고스톱의 끝판왕이라고 불리거든."

"그게 자랑이에요?"

"뭐, 사람 재능이란 게 어떻게 쓰이느냐에 따라 다른 거지. 이런 건 하는 것 자체에 빠져드는 게 문제거든. 돈을 잃었다가 땄다가, 딱 그 재미를 느낄 선까지만 놀아 주는 거지. 결국 피로해서 돌아가기 전에 잃은 건 맨 처음 나한테 낸 돈 뿐이지만. 나를 이겨 보겠다고 죽어라 오는 거야."

"하!"

"왜? 다른 데로 새는 것보단 낫지."

아줌마는 큼직한 손으로 화투 패를 쓸어 담았다.

"괜히 흥신소가 아니라고."

화투 패를 가지런히 정리해 넣던 아줌마가 나를 향해 말을 이었다.

"난 강수장. 이름도 비슷하고, 저기요, 하고 부르는 것도 웃기니까 그냥 깡사장이라고 불러라."

흥신소 안을 찬찬히 둘러보던 하늘이가 깡사장에게 한 발짝 다가가며 물었다.

"저, 선생님은요?"

깡사장은 철제 캐비닛 안에서 장지갑을 꺼내 겨드랑이에 꼈다. 그러더니 열쇠를 손가락 끝으로 빙글빙글 돌리며 문을 열었다.

"반장, 곱상한 남자애, 세상에 불만 많은 여자애, 그리고 뭐시냐."

깡사장은 영우의 얼굴을 잠시 신기한 듯 쳐다봤다.

"겁대가리 없이 이 문 열고 들어온 놈."

영우는 왜 자기만 '놈'이냐며 분하다는 몸부림을 쳐 보였다. 깡사장이 피식 웃었다.

"따라 나와!"

깡사장의 목소리는 박력이 넘쳐서, 우리는 얼떨결에 그 뒤를 쫓아 가게를 나섰다.

어미를 쫓는 새끼 오리들처럼 뭣도 모른 채 깡사장 뒤를 쫓아 길을 걸었다. 물을 버리러 나온 세탁소 아저씨며 떡볶이를 젓고 있던 분식집 아줌마며 지나가는 깡사장을 향해 손을 흔들고 알은 체를 했다. 깡사장도 호탕하게 웃으며 인사했다. 마치 다 큰 골목 대장 같다고나 할까. 태극무늬가 새겨진 넙데데한 부채로 부채질을 하던 깡사장이 길을 걷다가 우렁찬 목소리로 입을 열었다.

"너희, 아까 유나가 외톨이라고 했던가?"

우리 셋은 일제히 해란이를 쳐다봤다. 해란이는 기에 눌리지 않겠다는 듯 야무지게 눈을 떴다.

"네. 주는 거 없이 미운 애들 있잖아요. 그런 타입이라 괴롭힘당했었다면서요. 자리 뺏기고 밥도 교탁에 서서 혼자 먹었다고. 그 얘기 했더니 도망갔어요, 우리 선생님."

"어어, 네가 그 말을 했다는 거지?"

해란이의 팔꿈치가 다른 사람 모르게 슬며시 내 옆구리를 찔렀다. 가벼운 스침이었지만 갈비뼈 사이에 바늘이 박힌 듯 찌릿, 가슴 어딘가가 당겨 오는 느낌이었다. 깡사장은 팔뚝으로 이마의 땀을 훔쳤다.

"아니, 니들이 싫어서 교실을 나간 애를 왜 쫓아다니는 거냐?"

정수리에 새똥을 맞은 기분이었다. 나는 예상치 못한 질문에 잠시 멍하니 시선 둘 곳을 잃었다. 선생님은 우리가 싫어서 교실을 나갔다. 마치 내가 집에서 나와 선생님을 찾아다니는 지금처럼. 그저 교실과 우리가 지겨워졌던 건지도 모른다.

"우리라도 제자리로 돌려놔야죠."

해란이가 재잘거렸다. 그러고 보면 쟤도 영우 못지않게 주책이다.

"어이, 너희 뭐 영웅단 같은 거냐?"

깡사장이 갑자기 걸음을 멈추는 바람에 바로 뒤에 서 있던 나는 깡사장 등에 코를 찧고 말았다. 비누 향과 땀 냄새가 섞여 콧속으로 밀려들어 왔다.

"그건 말이지, 선전 포고였어."

깡사장은 고개를 주억거리며 비장한 얼굴로 하늘을 올려다봤다.

깡사장은 선생님이 학창 시절에 친구를 두지 않고 혼자 지낸 적은 있었다고 했다.

"유나는 그냥 혼자 있는 걸 좋아하는 애였어. 그걸 만만하게 보고 건드린 애들이 있었지."

한번은 이런 일이 있었다고 했다.

펜 한 자루를 노트 앞에 두는 습관이 있던 선생님을 보고 앞자리 여학생이 의자를 툭 쳐서 펜을 떨어뜨렸다. 아무 말 없이 몸을 굽혀 펜을 줍는 선생님을 보고 모두가 킥킥거렸다. 선생님은 무심하게 펜을 주워 다시 노트 앞에 놓아뒀다. 앞자리 여학생은 또다시 의자를 툭 쳐서 펜을 떨어뜨렸다. 선생님은 다시 펜을 주웠다. 서너 차례 반복하고 나자 앞자리 여학생은 질겁했다. 어째서 그 펜을 꼭 붙들고 있지 않고 제자리에 계속 갖다 두는 건지, 지레 겁먹고는 놀리기를 그만뒀다. 그러자 선생님이 툭, 자기 손으로 펜을 굴려 바닥에 떨어뜨렸다. 그리고 다시 주웠다. 혼자 떨어뜨리고 다시 또 줍고. 그러기를 한 시간 내내 반복했다고. 반 학생들은 더 이상 웃지 않았다고 한다. 모두 선생님을 쳐다보느라 수업에 집중하지 못했을 뿐 아니라, 앞자리에 앉은 학생은 초조한 기색으로 덩달아 집중된 시선에 어쩔 줄을 몰라 했다고 말이다. 선생님은 무엇이든 끝장을 보고야 마는 성격이었다고 한다. 필요에 따라서는 스스로를 고립시키는 방법으로 자신을 지켜 가기도 하는 학생이었다고.

"주먹이나 말로 사람을 때리는 사람이 있지. 유나는 좀 달랐어. 왜, 손만 대면 부수고 마는 유치하고 파괴적인 애들과는 달랐지. 뭐랄까. 고집이랄까, 줏대가 있었달까. 괴롭힌 쪽으로 하여금 도리어 기가 질리게 만드는 애였지. 니들이 어디서 주워들었는지 몰라도 외톨이라고 한 건 그 쫄린 애들의 이야기일걸. 유나는 다만 혼자 지내는 걸 좋아했을 뿐이야."

나는 습관처럼 하늘이를 살폈다.

"왕따가 아니었다? 그럼 선생님은 왜 울면서 교실을 나간 거지?"

해란이가 입술을 모으고 종알거렸다.

"까치통이라는 별명이 엄청 싫으셨던 거 같숑."

영우의 말에 깡사장이 별안간 우뚝 멈춰 섰다.

"너희들, 유나 앞에서 까치통이란 말을 꺼냈냐?

우리는 의아한 얼굴로 서로를 쳐다보았다. 그러자 깡사장이 한숨을 푹 내쉬었다.

"꿀통, 밥통, 깡통이라면 모를까 까치통은 금기어란 말이다. 보안 등급 최고봉의 금기어!"

선생님이 까치통이란 단어 자체를 싫어한 건 아니었다고 한다. 다만 까치를 까마귀로 착각한 애들이 '야, 까막눈!'이라 부른다거나 짓궂은 애들이 '갈치 똥!' 혹은 '닭대가리!' 하고 약을 올릴 때면 얼굴이 시뻘개졌다고 했다. 비밀이지만, 선생님 모르게 그런 애들을 쥐어박고 다니는 건 깡사장의 즐거움이었다고.

깡사장은 커다란 코끼리가 코끝에 볼링 핀을 매달고 있는 그림 간판이 걸린 건물 안으로 들어섰다. 우리는 누가 시킨 것도 아닌데 그 뒤를 따라 들어갔다.

"아줌, 아니, 깡사장님은 친구였다면서 왜 같이 지내지 않으셨어요?"

잠자코 있던 하늘이가 물었다.

"친구란 게 뭘까."

깡사장은 눈을 가늘게 뜨며 중얼거렸다.

"다들 친구가 없으면 안 될 것처럼 굴지만 말이다. 어떤 사람은 꼭 친구가 없어도 행복할 수 있어. 혼자만의 시간을 좋아하는 사람도 있는 거니까. 그때의 유나가 그런 성격이었거든. 나는 유나의 시간을 존중하면서 늘 적정 거리를 두고 대화를 나누고는 했지."

"에이! 야, 우리 아까 본 엽서에 쓰여 있었잖아. '내가 학교에서 쫓겨난 뒤로'라고. 안 봐도 딱이야. 퇴학당한 거지, 뭐."

분위기 파악을 못 하는 건지 해란이가 끼어들며 종알거렸다.

"아, 쫓겨난 건 아니고. 학교를 옮겨 달라고 권유 받았던 거지. 그대로 쉬어 버렸지만."

그게 퇴학이다.

"'그놈의 밀어내기는 이제 그만 좀 해라'고도 쓰셨잖아요. 절교한 사이 아니에요?"

깡사장은 계단을 내려가며 부채 손잡이로 머리를 긁적였다.

"뭐, 그땐 내가 친구 하자고 다가갔는데도 유나는 매번 싫다고 했거든. 선생님이 될 거라 우리 같은 불량한 그룹과는 엮이고 싶지 않다고 했어. 그래서 이번에 찾아왔을 땐 사실 좀 놀랐지. 유나가 먼저 나한테 다가와 준 건 처음이었으니까."

깡사장은 볼링장 문을 열고 들어갔다. 볼링화를 정리하는 아저씨와 반갑게 인사를 주고받더니 우리에게 신발 사이즈를 물었다.

"부탁할 게 있을 땐 상대가 요구하는 걸 들어주는 게 우선 아니냐? '깡으로 흥신소'는 선불제라고."

우리는 깡사장이 내민 볼링화를 신었다. 볼링장은 거의 비어 있다시피 했다.

"자, 마음에 드는 레인 앞에 가서 어디 한 번씩 굴려나 봐라."

"팀은요?"

무심코 말을 꺼낸 사람은 하늘이었다. 하늘이는 말한 것을 후회하는 듯 우리의 눈길을 피했다.

"역시 내가 사람 보는 눈은 있다니까. 어이, 고운 남학생, 운동한 적 있지? 야구? 농구?"

함부로 꺼내선 안 되는 질문이었다. 나는 화제를 돌리기 위해 머리를 쥐어짰지만 적당히 떠오르는 말이 없었다.

"농구. 그만뒀습니다."

하늘이는 무표정한 얼굴로 대꾸했다.

"왜?"

여기에 주책이 아닌 사람은 없는 걸까. 아니라고 말하면 될 것을, 성실하게 대답하는 하늘이도 답답하고, 또 굳이 그 사정을 재차 묻는 깡사장도 무심하다.

"부상을 입어서요."

"어어, 그렇구먼. 뭐 그럼 너희나 쳐 봐라."

나는 깡사장이 불쑥 내미는 볼링공을 얼떨결에 끌어안고 등 떠밀리듯 레인 앞에 섰다. 멀리 서 있는 낡은 볼링핀들을 보자 내 고질병과도 같은 승부욕이 불쑥 솟아올랐다. 나는 멀찍이 볼링을 치고 있는 다른 사람들을 훔쳐보며 자세를 잡아 봤다. 완벽히 자세를 잡으려고 이리저리 몸을 움직이다 보니 다리가 비틀거렸다. 숫자를 생각하자. 점수가 달려 있다! 안에서 불길이 화르르 타올랐다.

그때였다.

"어? 너, 그래도 되냐?"

영우의 목소리에 휙 고개를 돌렸다.

하늘이의 공이 레인 위를 구르고 있었다. 공은 잘 굴러가는 것 같더니 옆으로 새어 파울 라인으로 덜그럭 빠져 버렸다. 야윈 눈사람 같은 볼링핀들을 하나도 맞히지 못했다. 하늘이는 잠시 오른쪽 손목을 주무르다가 새 공을 잡고 다시 자세를 취했다. 자세는 볼링장 안에 있는 그 누구보다 완벽해 보였다. 다만 몇 걸음 떨어진 거리에서 보기에도 문제는 손목에 있었다. 공을 굴리는 순간 손목이 자꾸 비틀어진다. 닫으려 해도 자꾸 열리는 문처럼. 손이 공을 밀어 내기도 전에 손목 언저리에서 힘이 풀려 손의 자세가 뒤틀린다. 공은 다시 레인을 벗어났다. 하늘이는 다시 공을 주워 들었다. 귀가 새빨개져 있었다. 가끔 아픈 걸 숨기기 위해 책상 위에 엎드려 있을 때면 하늘이는 늘 귀가 먼저 빨개져 있곤 했다.

하늘이의 눈가가 땀인지 눈물인지 모를 물기로 번들거렸다. 나는 말릴 엄두도 내지 못한 채 공을 들고 서서 하늘이를 바라보기만 했다.

또, 벗어났다. 송곳니로 꽉 깨문 하늘이의 아랫입술이 하얗게 질리는가 싶더니 어느 순간 가느다란 핏줄기가 턱을 타고 흘러내렸다. 티셔츠 등판은 이미 땀으로 흠뻑 젖었고, 이마에 맺혀 있던 땀이 뺨을 스쳐 바닥으로 투둑투둑 떨어졌다. 무거운 공은 레인의 반도 채 가지 못하고 다시 파울 라인으로 빠져 버렸다. 볼링핀들은 원망스러울 만큼 꼼짝도 하지 않았다. 할 수만 있다면 레인을 기울여 주고 싶다. 바닥을 약간만 기울일 수 있다면…… 제힘을 쓰지 못하는 손목의 통증을 새삼 확인할 필요 없이 경사진 길을 따라 공이 굴러갈 수 있도록. 저 낡은 핀들이 단박에 와르르 쓰러져 버릴 수 있도록.

지구를 아주 조금만 기울일 수 있다면.

나는 어금니를 꽉 물었다. 세상은 그렇게 만만치 않아. 우리는 지구를 움직일 수 없고, 하늘이 손목의 상처를 순식간에 낫게 하는 기적 따위는 일어나지 않을 것이며, 버티고 서 있는 핀들은 저절로 쓰러지지 않을 것이다.

그렇다면, 우리가 할 수 있는 일은 뭐가 있을까.

"야아, 그만해!"

팔을 잡아끄는 해란이를 하늘이는 매몰차게 뿌리쳤다. 아얏! 비명과 함께 해란이가 나동그라졌다. 나는 공을 내려놓고 깡사장 옆에 놓인 사이다 캔을 집어 들었다. 그러고는 있는 힘껏 사이다 캔을 흔들었다. 따악! 하늘이를 향해 캔 뚜껑을 연 순간, 하늘이가 들고 있던 공이 묵직한 소리를 내며 바닥으로 떨어졌다. 아이들은 물론이고 볼링장 안 모든 이의 주목이 쏠린 것을 알고 있었지만 그런 것쯤은 아무래도 상관없었다. 사이다에 흠뻑 젖은 하늘이가 숨을 몰아쉬며 나를 돌아봤다. 머리에서 흘러내리는 사이다 때문에 눈에 맺힌 것이 그저 사이다인지 아니면 땀인지 눈물인지 알 수 없었다.

"너! 무례하잖아. 해란이 쟤, 도와주려고 말린 건데."

나는 탁, 소리를 내며 사이다 캔을 내려놓았다.

"차라리 애처럼 울지 그래? 아플 때 화내면 더 멋있어 보이는 줄 알아? 거기서 더 다쳐 봐. 나중에 진짜 필요할 땐 탁구공도 못 쥐게 될걸?"

하늘이가 손으로 얼굴을 쓸어내렸다.

"손을 바꿔."

뒤에서 깡사장의 한마디가 종이비행기처럼 툭 날아왔다.

깡사장은 어슬렁어슬렁 우리 쪽으로 다가왔다.

"자세를 반대로 잡고."

깡사장은 부채 손잡이로 하늘이의 몸을 툭툭 쳐 가며 말을 계속했다.

"그렇지. 익숙하지 않을 뿐 왼손도 손이란 말이다. 양쪽 어느 손을 쓰건 몸의 무게 중심은 똑같아. 손목의 힘을 빼고 무릎에 좀 더 힘을 싣는 거야. 인마, 손목의 문제가 아니야."

하늘이는 왼손으로 공을 잡고 옆 레인으로 자리를 옮겼다. 나는 다시 하늘이로부터 몇 걸음 물러났다.

"공을 던지지 말고 굴려야지. 농구는 공을 튕길수록 유리하지만 볼링은 조금이라도 튕기는 순간 방향을 놓치게 된다고. 어이, 공의 무게 자체가 다르잖아. 종목이 다르다는 걸 알았으면 공을 다루는

법도 그에 맞게 바꿔. 그럴 맘이 없으면 게임을 시작하지 말라고."

깡사장이 손가락으로 코밑을 문지르는 동안 하늘이는 좀 전의 나처럼 비틀거리며 자세를 바로잡았다. 깡사장은 하늘이를 향해 몇 차례 부채질을 해 주었다.

"인마, 볼링도 스포츠야. 왜 농구한테 뺨맞고 볼링한테 화풀이냐! 친구 말마따나 예의가 아니지. 이래 봬도 남들에겐 즐거운 스포츠란 말이다. 저기 안 보이냐? 다들 기분 좋게 와서 너 때문에 살벌해진 거 보라고!"

그건 볼링장 안을 쩌렁쩌렁 울릴 정도로 우렁찬 깡사장의 목소리 때문인 것 같은데.

"룰이 다른 건 둘째 치고 볼링핀을 쓰러뜨리겠단 의지가 전혀 없단 말이야. 선수 정신에 어긋나는 거 아니냐?"

너무 다그치는 것 같아서 나도 모르게 입을 뗐다.

"하늘아!"

하늘이의 맑아진 눈이 나를 돌아봤다.

"응?"

'집중해'라고 말하려 했는데 나도 모르게 새침한 표정을 짓고 말았다.

"한번 해 봐. 재밌잖아."

하늘이의 공이 굴러갔다. 모두가 동작을 멈춘 채 하늘이의 공에서 눈을 떼지 못했다. 공은 아슬아슬하지만 비교적 곧게 레인 위를 굴렀다. 타앙! 핀을 세 개 넘어뜨리고 골인! 해란이와 영우가 꺄아 소리를 질러 대며 박수를 쳤다. 나는 웃음을 머금은 채 어깨를 으쓱해 보이고는 하늘이를 바라봤다. 입가에 옅은 미소가 어린 하늘이의 옆모습이 너무도 예뻤다. 사이다에 젖어 몸에 딱 달라붙은 티셔츠 때문인지 듬직하게 드러난 어깨선도 멋졌다. 만약 우리가 사귀는 사이였더라면 단박에 달려가서 끌어안아 줄 수 있었을 텐데……. 나는 표정을 들키고 싶지 않아 손등으로 입가를 가리며 웃었다.

"잘하네. 잘하고 있어."

깡사장이 남은 사이다를 꿀꺽꿀꺽 들이켜며 웅얼거렸다.

그렇다. 누구의 손으로도 지구를 지금보다 더욱 기울일 순 없다. 하지만 우리의 자세는 바꿀 수 있다. 손목이 어깨의 힘을 모두 감당할 수 없다면, 힘을 한 곳에 전부 쏟아 넣기보다는 팔꿈치, 허리, 무릎, 발목, 골고루 나누는 것이다. 균형을 잡는 데에 더 집중한다. 나에게 맞는 자세를 찾는다.

분에 찬 순간, 사실 선택지는 여러 가지였다. 게임을 그만두고 자리에 앉든, 달려가 볼링핀을 발로 차서 넘어뜨리고 쫓겨나든, 죽어라 볼링공을 굴리다가 결국 손에 힘이 빠져 공에 발등을 찍히고는 걸음까지 비틀거리게 되든.

하지만 하늘이는 자세를 바꾸고 게임을 한 번이라도 즐겨 보기로 한 것이다. 저런 남자애를 좋아할 수 있어서 뿌듯하다고, 나는 숨을 크게 들이쉰 뒤 다시 내 공을 집어 들었다.

깡사장은 어느새 신이 올라 다른 아이들에게 볼링 강습을 해 주고 있었다.

"공은 쓰다듬듯이 잡고. 좋아하는 사람 어깨를 끌어안듯이. 그렇지!"

해란이는 입을 씰룩거리면서도 노란 볼링공을 들고 자세를 고쳐 잡았다.

"볼링공과 저 핀의 중심이 입을 맞추는 것과 똑같다고. 니들 말이야, 첫키스쯤은 해 봤을 거 아니냐! 좀 더 솔직해지라구! 자, 공을 부드럽지만 탄력 있게 밀어 보는……."

"스트라이크!"

볼링장 사장님의 목소리가 활어처럼 튀어 올랐다.

나는 공을 놓은 자세 그대로 옆 레인 하늘이의 눈치를 살폈다.

나도 모르게 스트라이크.

하늘이가 나를 향해 환하게 웃어 보였다. 나는 표정을 감출 수도 없이 어쩔 줄 모르는 얼굴을 하고 말았다.

깡사장 때문이다. 이건 다, 깡사장 때문이라고.

볼링장 밖, 깡사장은 잠시 흥신소에 들르자고 했다.

"저 볼링장, 곧 문을 닫는대. 사장이 텅 빈 가게를 보는 게 싫다면서 영업 끝내는 날까지 손님을 데려와 달라고 부탁했었어. 성가신 주문이긴 했지만, 그놈의 정이 뭔지."

깡사장이 꿍얼거리며 앞서 걸었다.

나는 사이다를 뒤집어쓴 하늘이에게 다가갔다.

"미안."

들리긴 할까 싶을 만큼 작은 목소리였다. 나답지 않았다.

"다음에."

하늘이가 옷을 털어 내며 말했다.

"응?"

"한판 더 하자."

나는 영문을 모른 채 하늘이를 쳐다봤다.

"스트라이크, 딱 그거 한 번 치고서 너 공 내려놨잖아."

하늘이가 한쪽 눈을 찡긋했다. 우연했던 한 번의 스트라이크 이후 나는 줄곧 의자에 앉아 다른 애들의 게임을 구경만 했다.

하늘이에게서 달달한 냄새가 풍겼다. 나는 손부채질을 하며 작게 기침하듯 대답했다.

"그러지, 뭐."

홍신소로 돌아온 우리는 소파에 털썩 주저앉았다. 깡사장은 캐비닛 안에서 둘둘 말린 티셔츠 한 장을 꺼내 하늘이에게 던졌다.

"중요한 일이 하나 더 남았어."

깡사장이 캐비닛 속에서 기다란 항아리 같은 것을 꺼내며 낮게 한숨을 쉬었다. 영우가 마른침을 삼키는 소리가 내 귀에까지 들려왔다. 뚜껑이 닫힌 항아리. 누가 봐도 분명한 유골 단지였다. 대체 이 홍신소는 어떤 부탁까지 들어준단 말인가. 남의 유골을 대신 뿌린다던가 하는 건 절대 할 수 없다. 깡사장은 무거운 얼굴로 단지를 책상 위에 내려놓았다. 그러고는 힘겹게 단지 뚜껑을 열었다.

"못 해요!"

영우가 자리에서 벌떡 일어났다.

"남의 유골까지 제 손으로 뿌릴 수는 없습니다!"

사뭇 진지한 표정의 그 애는 마치 다른 사람 같았다. 저런 단호함이 어디에 숨어 있었나 하는 의아함에 고개를 기울일 때였다. 깡사장은 단지 안에 불쑥 손을 넣어 막대 사탕 하나를 꺼내 들었다.

"내가 이 단걸 끊어야 하는데 말이지."

사탕 껍질을 벗겨 입에 넣은 깡사장이 쯧, 혀를 찼다. 그러고는 창밖을 바라보며 한동안 맛있게 사탕을 빨았다. 영우는 머쓱하게 자리에 앉았다.

깡사장이 허리를 두둑 돌리며 우리를 쳐다봤다. 꼭 우리가 여기에 있다는 걸 잠시 잊고 있었던 것 같다.

"그런데 말입니다."

영우가 부루퉁하게 입을 열었다.

"깡사장님은 좋은 분이신가요?"

깡사장은 발을 굴러 의자를 한 바퀴 빙글 돌렸다.

"니들은 좋다, 나쁘다, 아직도 사람한테 그런 말을 쓰냐?"

호기심 어린 눈빛이 우리를 둘러봤다.

"촌스러우니까 관둬라……. 아무튼 말이야. 유나는 어릴 때부터 길눈이 참 밝았어. 한 번 갔던 길은 절대로 잊지 않거든. 아마 돌아오는 길을 잊을 리는 없을걸."

깡사장은 책상 서랍을 열고 몸을 구부려 한참 동안 무언가를 찾아 뒤적였다.

"좋다, 나쁘다 하는 얘기가 나와서 말인데, 여러 종류의 기준이 있겠지만 필요하다, 쓸모없다, 이런 기준으로 사람을 나누는 인간은 되지 마라. 그럼 남들도 똑같은 기준으로 니들을 보게 되거든."

"필요하다는 건 어쨌든 중요하다는 거 아닌가요?"

내가 물었다.

"사람이 그저 도구가 되어 버릴 수도 있다는 거지. 입장을 바꿔 생각해 봐. 기왕이면 이해관계에 대한 필요보다는 보고 싶어서 찾는 인간이 되는 게 좋지 않겠냐?"

깡사장이 웃차, 허리를 펴며 사진첩을 꺼냈다. 최근에도 꺼내
본 것인지 먼지가 쌓여 있지는 않았다. 휘파람을 불며 사진첩을
몇 장 넘기던 깡사장이 손가락으로 사진 한 장을 가리켰다.

"얘라면 알 수도 있어."

사진 속에는 지금보다 조금 젊은 깡사장의 곁에 화려한 이목구
비의 여자가 브이를 하고 있었다.

"에? 선생님이 계실 만한 곳을 알려 주는 거 아니었어요?"

영우가 자리에서 방방 뛰었다.

"장사라는 게 거품이 좀 있어야 먹고살지 않겠냐? 니들은 돈도
안 냈고 말이야."

깡사장은 태연히 부채질을 하며 말을 이었다.

"내가 말했던 여학생 말이지. 유나의 볼펜을 떨어뜨렸던 애가
이 친구거든. 뭐 동창회에서 만나 한잔하고, 친한 척 사진을 찍긴
했는데, 나랑은 영 데면데면한 사이랄까……."

사진을 이리저리 돌려가며 보던 해란이가 고개를 갸웃거리며
말했다.

"낯이 익은데."

나는 사진에서 눈을 떼고 깡사장의 두 눈을 응시했다. 깡사장은
앨범을 펼쳐 둔 순간부터 내내 나를 쳐다보고 있었다.

"이분이랑 선생님이 무슨 관계랍숑?"

영우가 또 난관에 부딪쳤다는 듯 손으로 날갯짓을 해 보였다.

"중, 고등학교 동창. 같은 대학 같은 과! 근데 친구는 아니야."

"그럼요?"

깡사장은 여전히 나를 보며 싱긋 웃었다.

"유나 평생의 숙적이지. 까치통이란 별명을 만들어 놓고 굳이 닭대가리라고 부르던 애가 바로 애거든. 내가 유나라면 언제라도 한 번쯤은 애를 찾아가서 속 시원하게 화를 내고 말 거다. 자, 여기. 연락처."

"아, 진짜 샘 돌아오기만 해 봐!"

해란이가 어리광을 부리듯 투덜거렸다.

"돌아올 거라고, 분명!"

깡사장이 해란이를 툭 치며 말했다.

"어떻게 그렇게 확신하실 수 있어요?"

내 말에 깡사장은 힘주어 대답했다.

"예전과 달라졌단 말이지! 히어로 영화 속 주인공이라 친다면, 드디어 각성을 했다고나 할까!"

해란
...
'나쁜 애'가 되는 게 두려워

    수영이는 사진 속 여자를 아주 잘 알고 있었다. 다름 아닌 자신의 이모였으니까.

    수영이가 직접 그 사실을 말했을 때, 받아들이는 반응은 제각각이었다. 영우는 길을 돌아왔다며 애써 밝은 척하면서 수영이의 기분을 살폈고, 하늘이는 아무런 말도 하지 않았다. 나는 수영이로부터 선생님의 과거 비밀을 전해 들을 때 그 사실도 함께 알았고, 또 내가 선생님을 공격한 장본인이었기에 새삼 화를 낼 이유가 없었다. 결국은 깡사장이 건넨 사진 한 장과 수영이의 고백으로 인해, 일치감치 비밀을 공유하고 있던 나만 나쁜 애가 된 거라는 뜻과도 같았다.

    나는 핸드폰을 들여다보는 척했다. 어젯밤, 귀가 시간이 늦어

졌음에도 엄마는 "너무 늦게 다니지 마라. 내일 병원 가는 거 잊지 말고."라는 한마디만 했을 뿐이었다. 어디에서 뭘 했는지, 시간이 늦었는데 밥은 먹었는지, 밖에 있는 동안 연락 한 통 없었다.

바쁘다는 건 핑계라고 생각한다. 일밖에 모른다기보다, 엄만 아직 덜 자란 거다. 인생에 숙제가 엄청 쌓인 어린애처럼 본인 일만으로도 울고 싶을 만큼 복잡한 거지. 태연한 척하지만 허둥거리느라 다른 데 신경 쓸 겨를이 없는 애라고. 그렇게 생각하면 조금이나마 마음이 가라앉는다. 오히려 어른인 건 내 쪽 아니야?

수영이는 학원에 가야 한다는 핑계를 대며 서둘러 자리를 떴다. 나는 그 애 뒷덜미라도 잡고 싶었다. 사실대로 털어놓으면 그만이야? 혼자 고해성사라도 한 듯 도망치고 나면 나는 무슨 빌미로 '가장 나쁜 애'의 자리에서 벗어날 수 있지?

팔짱을 끼고 벽에 기대서서 깡사장이 건네준 헐렁한 티셔츠로 갈아입은 하늘이를 바라봤다. 민수영 최대 약점이 바로 여기 있긴 하다.

오늘 오전, 하늘이와 내가 학교 앞에 먼저 도착했었다. 속을 알 수 없는 정하늘. 선생님한테 핸드폰을 돌려주겠다는 이유만으로 이 먼 길을 친하지도 않은 애들과 함께 옮겨 다닐 애가 아니다. '쟤는 원래 말이 없는 애'라며 이 여정에 합류한 구체적인 이유를 누구도 묻지 않았다.

나는 교문에 기대서서 립글로스를 고쳐 바르며 시큰둥한 척 물었다.

"선생님 찾아다니는 이유가 뭐야?"

"어제 말없이 먼저 간 이유는 뭐야?"

만만치 않은 녀석이긴 했다.

"약. 지갑에 넣어 둔 약까지 사라져서 급히 가야 했어."

"무슨 약?"

"말해 주면, 너도 말해 줄래?"

"그래."

하늘이는 그게 뭐 대수냐는 듯 고개를 끄덕였다.

"우울증 약."

"효과가 있어?"

하늘이의 반응이야말로 예상 밖이었다.

"있으니까 먹지. 가끔 약 기운 떨어지면 꼼짝도 못 해. 발밑이 땅속으로 꺼져 들어가는 것 같고 숨이 갑갑해. 온갖 나쁜 생각만 드는데, 그나마 약 먹으면 최악의 생각까진 안 하게 되더라."

"아……."

하늘이는 교문의 쇠창살을 잡고 운동장 안을 들여다봤다.

"넌 왜 선생님을 찾는데?"

"부탁하지 말아야 할 걸 부탁했어."

내리쬐는 햇볕에 그 애는 눈을 살짝 찡그렸다.

"선생님이기 때문에 무리해서라도 들어줄 거라고 생각해서. 내가 감당했어야 할 걸 떠넘겼어. 맡겼다곤 하지만 애초에 찾으러 갈 마음은 없었으니까……. 부담만 주고 외면한 거지."

그게 뭘까. 물으려던 차에 하늘이가 말을 막듯 입을 뗐다.

"그렇게까지 할 필요가 없는 일을 해 준 거야. 다른 선생님이었다면 분명 좋은 말로 어르며 거절하거나 그럴싸한 조언을 건네는 척 나를 피했을걸."

그 일이 일어난 건 몇 해 전이었다. 하늘이의 형은 유명한 농구 선수였고, 그런 형의 영향으로 하늘이 역시 촉망받는 농구 꿈나무였다. 어느 날, 나란히 걷던 형제를 향해 오토바이 한 대가 달려왔다. 미처 앞을 살피지 못한 하늘이. 부웅, 소리와 함께 오토바이가 달려든 순간, 형은 본능적으로 하늘이를 감쌌다. 두 사람은 동시에 오토바이에 치여 바닥으로 나동그라졌다. 하늘이는 오른쪽 손목이 부러졌고, 형은 어깨와 발목에 큰 부상을 입었다.

대회 출전을 앞두고 경기에서 제외된 하늘이의 형은 병원에 입원해 있던 도중 홀연히 모습을 감추었다. 모두들 하늘이의 형이 곧 마음을 추스르고 돌아오리라고 생각했지만 한 달, 1년이 지나도록 하늘이의 형은 나타나지 않았다. 사람들은 그가 단순히 실종된 것이 아니라 스스로 목숨을 끊었을지도 모른다고 했다. 온갖

소문이 나도는 가운데, 하늘이의 부모님 안중에 하늘이는 한발 비껴서 있었다. 하늘이는 더 이상 꿈을 키워 나가지 못하고 형에 대한 상실감만 끌어안은 채 덩그러니 남겨졌다.

그러고 보면 하늘이의 얼굴에 왜 늘 어두운 그림자가 드리워 있는지, 묻는 게 오히려 바보 같은 일 아닌가. 부모님의 이혼을 겪으며 나 또한 덩그러니 혼자 세상을 떠도는 조각배가 된 기분이었으니까. 하늘이에게 굳이 장난을 걸거나 괜찮냐고 묻지 않는 이유도 그 때문이다.

남들이 아무리 그럴싸한 논리로 위로하며 괜찮다고 말해도 내가 괜찮지 않으면 괜찮지 않은 거다. 단단히 붙여 놓은 반창고가 혼자 있을 때 훌렁 벗겨져 날아가기라도 하면 잊고 있던 상처를 새삼 들여다보게 된다. 어쩌면 하늘이는 혼자 있는 게 무서워서 우리와 어울려 다니는 게 아닐까.

"하늘아, 배고프다. 밥 먹자."

잠시 오늘 오전 일을 떠올리다가 나는 주머니에 손을 넣고 말했다.

"돈가스 어뗘숑!"

눈치도 없이 영우 녀석이 끼어들었다.

"그래. 나도 좋아."

더 눈치 없는 하늘이 녀석이 거드는 바람에 우리 셋은 얼떨결에 근처 돈가스 가게로 들어갔다.

직원이 4인용 식탁으로 안내를 해 주었다. 남은 한 개의 빈자리가 새삼 허전하게 느껴졌지만 모르는 척 포크와 나이프를 가지런히 앞에 놓았다.

"아까 수영이가 고백했을 때, 해란이만 놀라는 눈치가 아니었쏭. 설마! 알고 있었남?"

영우, 저 녀석. 늘 한쪽이 찌그러진 빈 깡통 같은 말투.

응, 하고 말하면 된다. 직원이 다가와 돈가스 그릇을 식탁에 올려놓는 순간, 나도 모르게 입에서 튀어 나간 한마디.

"아니."

나는 아차 싶은 심정을 들키지 않기 위해 천천히 작고 예쁜 모양으로 돈가스를 썰기 시작했다.

유난히 볕이 좋던 어느 날. 우울증 약을 타러 갔던 나는 화장실 변기 위에 앉아 콧물을 닦고 있었다. 결국 병원을 찾게 되고 만 스스로에게 분하기도 했고, 한편으로는 억울한 마음도 샘솟았다. 하지만 울고 싶지 않아. 울면 지는 거야. 입술을 깨문 채 뜨듯하게 달아오르는 눈가에 눈물이 맺히지 않도록 눈을 연신 깜빡였다. 눈물은 애써 감출 수 있었지만 꽉 찬 콧물까지는 어쩔 수가 없었다.

"저기요."

그때 옆 칸에서 누군가 똑똑 노크를 해 왔다.

"거기 휴지 좀 나눠 주실래요?"

콧물 훌쩍이는 소리를 민망하게 만드는 낮고 차분한 목소리였다. 나는 휴지를 뜯어 칸 밑으로 건넸다.

"울면 좀 후련해져요?"

옆 칸 여자의 질문에 나는 얼른 휴지로 코를 틀어막았다.

"안 우는데요. 감기예요."

피식. 작게 맥 빠진다는 듯한 웃음소리가 들려왔다.

"왜, 다들 그러잖아요. 우울증은 감기라고."

"진짜 감기라고요!"

"아직 병원 접수를 안 했는데, 궁금해서 물어보는 거예요."

나는 다시 휴지를 돌돌 말아 콧구멍에 바꿔 끼우며 여자의 말에 귀를 기울였다.

"여기 올 사람은 내가 아니라 우리 엄만데 말이죠. 맨날 몸이 아프다는 핑계로 휠체어를 타고 다니면서, 이 병원 저 병원 다녀도 절대 여긴 안 온단 말이죠."

"아프니까 아프다고 하겠죠."

난 퉁명스럽게 말했다. 여자는 한숨을 내쉬며 말을 이었다.

"안 아파요. 그저 몸이 좀 허약할 뿐. 늘 아프다고만 하면 내가 모든 걸 챙겨 주니까. 아프다는 핑계로 '너 아니면 못 산다.', '니가

1등을 했을 때가 내가 유일하게 웃는 순간이야.' 이런 말만 늘어 놓죠."

잠시 정적이 흘렀다. 나는 코에서 휴지를 뽑아 휴지통에 넣으며 가방을 챙겨 들었다.

"여기까지 온 것도 용기 있는 거니까, 상담이라도 해 보지 그래요?"

내가 화장실 문을 열고 나온 것과 동시에 옆 칸에서 물을 내리는 소리가 들려왔다. 곧장 자그마한 체구의 단발머리 여자애가 모습을 드러냈다.

수영이와의 어처구니없는 만남은 그게 처음이었다. 어쩌면 나는 그때 그 애와 조금 더 이야기를 나누고 싶었는지도 모른다. 하지만 쑥스러움이 앞섰고 "아!" 하는 단말마와 함께 그냥 돌아서 버렸다.

밥을 다 먹고, 영우는 키우는 강아지가 아픈 것 같다며 먼저 자리를 떴다. 나는 하릴없이 하늘이와 길을 걸었다. 눈부신 햇빛 아래를 걷고 있자, 문득 의아한 점이 떠올랐다.

나는 원래 나쁜 애의 역할을 충실히 수행해 왔다. 이제 와 사뭇 이 애들 사이에서 '나쁜 애'가 되는 게 두려워진 이유는 뭘까?

나는 뾰로통하게 하늘이를 쳐다보다가 입을 열었다.

"야! 이런 질문 실례인 건 아는데."

하늘이는 '너란 녀석, 원래 실례하는 데 익숙하지 않냐?'라는 투로 어깨를 으쓱였다.

"너, 선생님을 찾아서 맡겨 둔 걸 받으면 말이야. 지금보다 괜찮아질 거라고 생각해?"

하늘이가 한쪽 입꼬리를 올리며 슬쩍 웃었다.

"괜찮아져선 안 되겠지. 평생, 누가 물어도 괜찮다고 대답할 수 없을 거야."

역시…… 그렇겠지?

"가끔 자려고 누우면 나를 끌어안고 있던 형의 숨소리가 떠올라. 따뜻했던 그 온기도. 그런 기억은 누군가랑 나눌 수 없고, 나누고 싶지도 않아."

하늘이의 두 눈이 애틋하게 빛났다. 그 애의 반듯한 콧날을 바라보던 나는 무심코 손을 뻗어 맑은 뺨을 어루만질 뻔했다. 하늘이에게 두근거린 건 아니었다. 섬세한 도자기 인형을 봤을 때 나도 모르게 손이 갔던 것과 같은 느낌이었다. 여자애들이 왜 하늘이라면 방방 뛰고 보는지 알 것도 같았다.

"너도 참 답답하겠다."

내가 픗, 웃으며 말하자 하늘이가 흘끗 쳐다보았다.

"다들 네 얼굴 감상하느라 바빠서 네가 하는 말에는 집중을 못

하겠다."

"어? 맞아. 전에는 한창 이야기하고 있는데 갑자기 머리카락을 뽑아 간 애도 있었어."

우리는 동시에 서로를 빤히 쳐다보다가 웃음을 터뜨렸다. 하늘이는 '진짜야, 진짜.' 하며 배를 쥐고 웃었다. 이렇게 잘 웃는 녀석이었나 싶을 정도였다.

"예전엔 이렇게 웃고 나서 집에 가면 차가운 물에 들어가 있었어."

"왜?"

"집에 가면 형이 떠오르고, 나를 용서할 수가 없어서."

나는 욕조에 우두커니 앉아 있는 하늘이를 떠올렸다.

"상상하지 마."

"이미 했는데? 짝꿍둥이 상상했는데?"

하늘이가 우울해할까 봐 나는 일부러 뛰듯이 걸었다.

"하여튼 고집도 세고, 기도 세고. 피곤한 애라니까."

"알아. 그래서 네가 나 싫어하잖아."

나는 슬쩍 하늘이를 떠보며 말했다. 아직까지 미움받고 있는 건지 궁금했다.

"나 요즘은 냉수 목욕 안 해. 너랑 돌아다니면 녹초가 돼서 집에 가자마자 뻗어."

결국 싫은 게 아니라는 말은 안 하는군. 내심 서운해져서 입을 다물었다.

"너 같은 친구는 처음이야."

하늘이가 슬쩍 내 눈치를 보며 말했다.

언젠가 선생님이 했던 말이 떠올랐다. 누군가와 친구가 될 수 있는 건 서로 통하는 게 있기 때문이라고. 좋은 거든, 나쁜 거든 말이다.

우리는 약간 어색해진 채로 길을 걸었다.

"편지야."

문득 하늘이가 내 팔꿈치를 툭 치며 입을 열었다. 오오, 러브레터냐, 누구냐, 예쁘냐, 떠오르는 질문들 때문에 입술이 간질간질했지만 호기심을 보이면 하늘이가 소라게처럼 숨어 버릴까 봐 잠자코 있었다.

"사고를 냈던 오토바이 운전자 말이야. 수차례 찾아와서 용서를 빌었는데 내가 받아 주지 않았거든. 그랬더니 나한테 편지를 보냈어."

하늘이는 뜯지도 않은 편지를 가방에 넣고 다녔다고 한다. 그리고 편지를 찢어 버리기로 결심했던 어느 날. 거짓말처럼 등 뒤에서 나타난 선생님이 편지 봉투를 잽싸게 낚아챘다고 한다. 그러자 벽돌을 들고 있는 것처럼 무거웠던 손이 일순 가벼워지고, 빙산처럼 굳어 있던 가슴에 물방울이 맺히는 기분이었다고.

"그랬더니 뭐래? 선생님이 맡아 줬댔어?"

하늘이가 고개를 끄덕였다.

"호호할매가 될 때까지 맡아 준대. 필요해지면 언제든 찾아오라더라."

푸핫! 호호할매가 되어 한쪽 옆구리에는 하늘이의 편지 봉투를 끼고 다른 한 손으로는 지팡이를 짚고, 립밤을 내놓으라며 나를 쫓아다니는 선생님이 떠올랐다.

하늘이가 나를 보며 빙긋 미소 지었다. 그 누구보다 선생님을 굳게 믿고 있다는 걸 알 수 있는, 확신에 찬 미소였다.

"그나저나 축제는 어떻게 할거야?"

하늘이가 "축제?" 하고 되물었다.

"다들 달리기는 하기 싫어해서 수영이가 선수 뽑는 데 곤란해하던데. 네가 좀 도와주지 그래?"

다시 엉큼한 마음이 싹트기 시작했다. 나는 구두코로 하늘이의 발을 슬쩍 치며 말했다.

"두 다리는 튼튼하잖아?"

영우
...
우린 '어린애'가 아니니까

교실 분위기가 어수선했다.

축제의 이벤트 중 하나인 달리기 경주. 요즘 같은 때에 누가 이런 촌스러운 운동을 생각해 냈나 싶기도 하지만 아무튼 각 반마다 단거리와 이어달리기 선수를 각각 두 명씩 선발하기로 되어 있었다. 제비뽑기로 선수를 정하자는 수영이의 말에 다들 몸이 아프다느니 발목이 약하다느니 앓는 소리만 해 댔다.

보드에 달리기 출전 선수 이름 칸이 텅 비어 있었다. 긴 한숨을 내쉬며 교실 안을 둘러보던 수영이가 펜을 집어 들었다. 수영이는 비어 있는 한 칸에 자신의 이름을 써넣었다. 그러고는 맨 뒷자리를 턱짓했다.

"박해란! 너도 해라."

해란이는 어이없다는 표정으로 코웃음을 쳤다. 그러나 웬일인지 싫다는 말은 하지 않았다. 수영이는 자신의 이름 아래 맘대로 해란이의 이름을 적어 넣었다. 해란이가 드르륵 책상을 밀고 다리를 꼰 채 비스듬히 앉았다. 이내 손을 번쩍 들며 외쳤다.

"하늘이가 도와준다던데."

일순 고요해진 교실. 모두의 시선이 하늘이에게로 쏠렸다.

"그런 말 한 적 없어."

하늘이의 냉랭한 목소리가 교실을 차갑게 얼렸다. 손만 갖다 대면 쩡하니 부서질 얼음판 같은 교실 안.

"지원자도 없고, 다들 죽어도 못 하시겠다?"

수영이가 싸늘하게 펜을 돌리며 말을 이었다.

"그럼 이렇게 하자. 박해란 너. 민수영 나. 우리 둘이 단거리, 이어달리기, 두 종목 다 뛰자."

"저게 진짜 미쳤나!"

해란이가 의자를 박차고 일어났다. 해란이는 도도하게 반 아이들을 둘러보며 말했다.

"니들, 선생님을 쫓아낸 장본인이 누군지 알아?"

모두 '너잖아'라는 눈짓을 주고받았다.

"나 아니야. 민수영, 쟤야. 쟤가 나한테 선생님 학창 시절 비밀 폭로한 애라고. 자기 대신 선생님 가슴에 못 박아 달라고 부탁하더라. 근데 그 이유가 뭔 줄 아니?"

해란이는 손등으로 입을 가리고 깔깔거리다가 정색했다.

"선생님이 자기한테 인사를 안 시켜서 짜증이 났대. 너희한테 차렷, 경례, 이 명령 못 해서 그게 그렇게 열 받았다고 하네?"

아이들이 웅성거리기 시작했다. 곧 축제인데 선생님이 없다니 말도 안 된다는 불평과 함께. 나는 박해란과 민수영, 불꽃이 튀는 두 사람 사이에 어떻게 끼어들어야 할지 갈피를 잡을 수 없었다. 다른 아이들은 대부분 해란이의 편을 들었다.

탕!

수영이가 들고 있던 펜을 요란하게 교탁 위에 올려놓았다.

"그럼 니들 멋대로 해. 단거리든 이어달리기든 나는 혼자서라도 다 뛸 테니까. 하기 싫음 관둬."

수영이는 입술을 굳게 다문 채 자기 자리로 가서 앉았다. 그러고는 무슨 일이 있었냐는 듯 문제집을 펼쳤다.

하굣길. 앞서가는 하늘이가 보였다. 나는 단숨에 하늘이를 쫓아가 가방 끈을 툭 건드렸다.

"야아, 좀 도와주지 그랬송? 네가 나가면 우리 반 우승이 확실한데."

하늘이는 가방을 고쳐 메며 나를 쓱 쳐다봤다.

"아마 나는 한 걸음도 못 뗄 거야."

"응?"

"사람들 환호 속에 서 있는 건 내가 아닌 형이어야 하는데…….
나는 여기 있을 자격이 없는데……. 이런 생각이 도질 거라고."

"아."

내 생각이 짧았다. 몇 걸음 발 맞추어 걷던 하늘이가 나를 곁눈
질했다. 너 왜 갑자기 심각해지냐는 듯 녀석은 고개를 약간 기울
였다.

"우리가 선생님 찾느라 고생한 거, 어쩌면 내 탓일지도 몰라. 내
가 가는 곳엔 항상 문제가 생기거든."

침울한 목소리는 아니었다. 하늘이는 되레 가벼운 표정이었다.

"왜, 사람 네 명이 모이면 그중 하나는 꼭 이상한 놈이 있다고들
하잖아."

"아! 그거 이상한 놈이 아니라 또라……."

나는 말을 하려다 말고 눈치를 봤다.

"그거, 아마 나일 거야."

웃음을 머금은 하늘이의 얼굴. 여자애들이 반할 만도 하겠구
나. 남자인 나도 넋을 놓고 보게 되는 미모인데. 농담인지 진담인
지 모를 애매한 말들. 숲속의 미로처럼 알 수 없는 녀석의 기분.

제자리에서 혼자 빙그르르 돌며 춤추는 시늉을 하는 사이, 하늘

이는 먼저 간다며 교문을 나섰다.

"또 원맨쇼 시작이냐?"

깜짝이야! 어느샌가 소리 없이 다가온 민수영. 그러고 보니 하늘이가 있는 곳엔 늘 수영이가 따라다닌다는 사실을 깜빡했다. 이런 냉전 중에도 기묘한 스토킹은 계속되는 건가?

"이영우, 넌 왜 안 달리냐?"

수영이는 질문에 대한 대답 따위 기대도 안 한다는 얼굴이었다.

나야말로 이유는 간단하다. 남들과 나란히 서서 경쟁하듯 달리려 할 때면 숨이 가빠 오고 다리에 힘이 풀린다. 솔직하게 말하자면 달리기를 지독하게 못한다는 거다. 누구보다도 해란이 앞에서만은 남들한테 뒤처지는 모습을 보이고 싶지 않았다.

"널 향한 우정은 변치 않송."

나는 두 손을 비비며 장난스럽게 말했다. 수영이는 웃지 않았다. 전처럼 눈을 흘기거나 주먹으로 아프지 않게 팔을 때리지도 않았다.

"우정이니 뭐니 부질없다."

"같이 다닐 때 너도 많이 웃었잖아."

"그런가. 그럼 이제 조금 덜 웃고 살지, 뭐. 거추장스러운 감정들, 소모적이야. 어차피 졸업하면 끝날 관계들, 그런 데 써 버릴 마음의 여유 따위 없어. 공부할 시간 빼앗기고 집중력만 떨어질 뿐.

이제야 정신 차렸어."

수영이는 흩날리는 머리카락을 귀 뒤로 넘기며 입으로만 차갑게 웃었다.

"역시 혼자인 편이 낫다는 거."

다들 축제 준비로 들떠 한데 뭉친 가운데 우리 네 사람만이 뿔뿔이 흩어지고 있었다.

다음 날 수영이는 학교에 나오지 않았다. 핸드폰도 꺼져 있었다. 수영이가 결석한 지 나흘째 되던 날.

"와! 이 계집애, 나만 나쁜 애 만들려고 작정을 했네."

해란이가 가슴을 두드리며 말했다. 선생님한테도 모자라 수영이에게까지 독설을 퍼부은 악당이 된 건 결국 해란이였다. 다들 대놓고 말하진 못했지만 뒤에서 해란이를 손가락질하며 수군거렸다. 집안만 믿고 설친다느니, 해도 너무한다느니.

"야, 우리 걔네 집에 쳐들어가자."

해란이가 하늘이와 나를 불러 세우고는 주먹을 내밀며 말했다.

수영이를 찾아가자는 이유가 분명 다른 애들 때문만은 아닐 거다. 티격태격하는 건 해란이가 정을 나누는 희한한 방법이었다. 그런 해란이에게 있어서 수영이는 선생님 다음으로 싸우기에 안성맞춤인 애였다. 같이 어울릴 애들이 줄을 서 있어도 해란이의 눈에는 차지 않았을 테지.

그런데 나는 만만해 보여서 그렇다 쳐. 하늘이는 대체 왜 끌어들이는 거지?

"무슨 수로?"

하늘이가 불쑥 물었다.

"갈래, 말래?"

해란이가 눈을 부릅뜨며 물었다. 하늘이는 윗입술을 물고 있다가 고개를 끄덕했다.

"수영이네 이모가 어느 학교 선생님인 줄은 알아야 하니까."

하늘이는 여전히 선생님 찾기를 포기하지 않았다.

해란이는 비장한 표정으로 꽉 쥐고 있던 손바닥을 펼쳤다. 손바닥 위에는 50원짜리 동전만 한 크기의 티스푼 모양을 한 동그란 자석 열쇠가 놓여 있었다.

"민수영 거야? 훔쳤어?"

나는 자리에서 펄쩍 뛰며 물었다.

"걔 딱 보면 몰라? 숨 막히면 입 꾹 닫고 잠수 타는 거. 혹시 몰라 챙겨 뒀지."

"너…… 도벽 있나?"

하늘이가 얼빠진 얼굴로 중얼거렸다.

"나는 남의 마음 빼곤 다 잘 훔쳐."

가진 것도 많은 애가 늘 뭔가를 훔친다. 어쩐지 속이 알싸하다.

"그럼 학교 끝나고 모이는 걸로. 어때?"

집 앞에 찾아간다고 해서 순순히 나올 수영이가 아니다. 게다가 나는 오늘 방과 후에 동생들을 돌보아야 한다. 오늘만큼은 두 꼬맹이를 놔두고 돌아다니기가 어려운 상황이었다.

"자, 여기 현금."

해란이가 내게 돈을 내밀었다. 의아해하는 내게 해란이는 열쇠를 만지작거리며 회심의 미소를 지었다.

"카페에서 보자."

"응?"

"넌 너네 집 근처에 새로 생긴 키즈 카페에 먼저 가 있어."

대체 해란이는 왜 내가 함께 있길 원하는 걸까?

"셋이 있으면 너무 살벌하거든. 넌 감정과 관계의 완충제야."

칭찬인진 몰라도 해란이가 나와 시간을 보내고 싶어 한다는 건 반가운 일이었다.

키즈 카페에 온 동생들은 다른 아이들과 스스럼없이 어울려 놀기 바빴다. 나는 포도맛 주스를 쪽쪽 빨아 먹으며 연신 시간을 확인했다.

나 다음으로 키즈 카페에 들어온 건 하늘이였다. 하늘이는 난감

한 표정을 지으며 뒷머리를 매만졌다.

"네 명 중 이상한 애. 그 애가 가는 곳에는 항상 불운이 따른다……. 역시 그 말이 맞았어. 아까 나 혼자 수영이네 집에 갔거든. 아줌마가 주스를 준다고 부엌으로 갔어. 근데 갑자기 와장창 소리가 들리는 거야. 선반 지지대 한쪽이 떨어지면서 위에 있던 찻잔들이 죄다 떨어졌어. 이도 저도 못하고 있는데 아줌마가 갑자기 서럽게 울기 시작했어. 왜 사는지 모르겠다면서. 수영이가 나를 떠밀다시피 해서 오기는 했는데……. 내 탓도 있는 거 같고 해서. 그냥 온 게 되게 미안하네."

모든 불행이 본인 때문이라고 생각하는 건 하늘이의 트라우마 때문일까.

"야! 그따위 불운, 그냥 깨부수자. 부수고도 버릴 수 없으면 우리 넷이 한 조각씩 나눠 가지면 되잖아. 감당할 수 있는 걸로. 나는 완충제랍숑!"

이윽고 해란이와 수영이가 카페에 들어왔다.

두 사람은 입을 꾹 다문 채 쌍둥이 빌딩처럼 나란히 서 있었다.

그때 고무공 한 개가 발 앞으로 굴러왔다. 나는 '완충제'라는 해란이의 말을 떠올리며 일부러 두 사람의 어깨 사이를 겨냥해 공을 살짝 던졌다.

공은 빗나가 수영이의 관자놀이를 맞혔다.

"아야!"

수영이의 숨소리가 점점 거칠어졌다. 수영이는 바닥에 떨어진 고무공을 서너 개씩 주워 내게 던졌다.

"이 자식아! 왜 때려, 왜!"

수영이는 해란이에게도 고무공을 집어 던졌다.

"못돼 먹은 계집애야, 너도 맞아 봐!"

이마를 정통으로 얻어맞은 해란이가 "하!" 하며 공이 가득한 풀장으로 들어갔다. 해란이는 품 안 가득 고무공을 집어 하늘이를 향해 던졌다.

"야! 네가 선수로 뛴다며. 왜 어중간하게 굴어서 나만 나쁜 인간 만들어?"

하늘이가 바닥에 떨어진 공을 주워 던졌다.

"내가 언제!"

"왜 잘못도 없는 하늘이한테 화풀이야?"

수영이가 버럭 소리를 질렀다.

다른 손님들의 시선 때문에 나는 셋을 아예 고무공 풀장 쪽으로 떠밀었다.

"왜 밀어? 네가 진짜 영웅이라도 되는 줄 알아?"

색색 가지 고무공이 오가며 온몸을 때렸다. 아프지는 않지만 정신이 나갈 지경이었다.

"야, 너 진짜 너희 둘이 어울린다고 생각하나?"

수영이가 나와 해란이를 향해 손가락질하며 소리쳤다.

"아니야. 영우 네가 훨씬 아까워!"

나는 풀장에서 중심을 잡지 못하고 공 무더기 속으로 넘어지고 말았다.

"뭐야? 대체 네가 뭔데 나를 좋아하나?"

해란이가 넘어진 나를 발로 밀치며 빽빽거렸다.

나는 그대로 풀장 속에서 두 손으로 얼굴을 가린 채 일어나지 않았다.

아마도 해란이는 모르겠지만.

우리는 초등학교 2학년 때 딱 한 번 짝꿍이었던 적이 있다. 선생님은 짝꿍끼리 2인 1조로 양파를 맡아 싹을 싱싱하게 길러 오라는 숙제를 내 주었다.

"내가 가져갈게. 너네 집 빛도 안 들어서 양파 못 자라."

우리 집이 반지하라는 얘기를 들은 해란이는 잽싸게 양파를 빼앗아 갔다. 하지만 아무리 자기가 잘난 척을 해 봤자 채소 가게 아들인 나보다 양파를 더 잘 알겠느냔 말이다. 나는 어떤 양파가 싱싱한지, 어떻게 해야 잘 자라는지 설명했다. 그러자 해란이는 얼굴이 빨개져서 씩씩거렸다.

"너네 집, 빚은 없는 주제에 빛만 많으면서!"

당시 아홉 살이었던 어린아이가 어째서 그 단어의 의미를 잘 알고 있었던 걸까?

반대로 나는 '빚'이란 뜻을 잘 몰랐기에 그 당시엔 그게 그거 아닌가 하고 넘어갔다. 내가 빚의 뜻을 알게 된 건 중학교 1학년 때 가게가 잠시 어려워졌던 시절, 부모님이 돈 얘기를 주고받으며 언성을 높였을 때였다.

양파의 싹은 건강하게 잘 자라났다. 그리고 그 잘 자란 양파를 선생님에게 제출하던 날, 해란이는 울 듯한 얼굴로 앉아 있었다. 그땐 몰랐다. 동물도, 식물도 해란이는 마음껏 키워 본 적이 없었다는 것을 어쩌면 해란이는 단지 '돌봐 줄 게 생겼다'는 이유로 들떴었는지도 모른다.

"너한텐 양파지."

곱씹어 말하던 해란이의 목소리가 떠올랐다.

"나한텐 통통이야. 그 양파한텐 이름이 있었어. 양파가 아니라 통통이라고!"

당시의 일은 어렴풋하지만, 해란이가 말했던 이름은 똑똑히 기억하고 있다.

"너는 지금 통통이를 선생님한테 뺏긴 거야, 멍청아!"

그다음 날. 해란이는 우리 가게에 찾아왔다. 그러고는 자기 엄마의 카드를 내밀며 양파와 콩나물을 죄다 사 갔다. 그 많은 걸 어찌할 줄 몰라 결국 급식실에 갖다 줬다고는 하지만 남의 집 물건을 팔아 주면서 그걸 복수라고 생각한 게 귀여웠다.

아직도 기억한다. 땀을 뻘뻘 흘리면서, 의기양양하게, 자기보다 더 크고 무거운 양파 주머니들을 낑낑거리며 들고 가던 해란이의 뒷모습. 사실 창고에 양파는 더 많이 쌓여 있었는데, 나는 해란이가 갈 때까지 일부러 꺼내 놓지 않았다.

"이제는 우리가 헤어져야 할 시간! 다음에 또 만나요! 이제는 우리가⋯⋯."

난데없는 동요가 키즈 카페 안을 쾅쾅 울렸다. 급기야 주인은 마감 시간을 알리는 동요를 틀어 우리를 가게 밖으로 쫓아냈다.

"언니 오빠들, 어린애 같아."

동생들이 투덜거렸다. 나는 동생들의 머리를 쓰다듬었다.

어린애가 아니니까 마음껏 싸운 거다. 안전한 곳이란 걸 알고 있었으니까.

우린 어리지 않다.

우리의 하루,
하루와 우리

· · ·

축제의 음악이 쿵쿵거리는 가운데, 유난히 쾌청한 하루였다.

단거리 달리기 출전 선수들은 20분 뒤 모이라는 안내 방송이 확성기를 통해 울려 퍼졌다. 반 대항 축구 경기가 한창이었다.

왁자지껄한 운동장에서 떨어진 건물 뒤. 응원 도구를 가지러 창고에 들어갔다 나오던 하늘이는 우연히도 수영이와 마주쳤다. 수영이는 버드나무 아래에서 달리기를 위해 몸을 푸는 운동 중이었다. 하늘이는 선생님이 나타났다는 말을 꺼내려다 잠시 멈칫했다. 그러고는 마른침을 삼켰다.

"저기, 수영아."

"응?"

"우리 말인데, 계속 친구로 지내기엔 무리일 거 같아. 뭐랄까.

친구로 지내기 좀 불편한 타입이랄까."

수영이는 고백도 하기 전에 차이는 게 이런 거구나 싶어 씁쓸하게 웃었다.

"그래. 이해해."

"잘 지낼 자신도 없고. 솔직히, 너랑 친구는 못 하겠어. 아무래도 내가……."

하늘이가 호불호에 무척 솔직한 애라는 건 알았지만 이렇게까지 직구를 던질 줄이야. 수영이는 '하아' 소리 없이 한숨을 내쉬다가 일부러 발랄한 척 말했다.

"우리 예전엔 말 한마디 나눈 적 없었잖아. 그냥 그때처럼 지내면 되는 거야."

"아니, 끝까지 들어 봐."

"꼭 말로 해야 되니? 좋은 얘기도 아닌 거 같은데 문자로 하면 안 돼?"

"야! 넌 왜 항상 한발 앞서서 맘대로 생각해 버리냐?"

"야! 나는 생각만 하지, 너는 얘기까지 하고 있잖아."

짧은 정적이 흘렀다. 두 사람은 삐쳐서 잠시 다른 곳을 보고 있다가 다시 흘끗흘끗 서로를 살폈다.

"그런 거 아니거든."

하늘이가 부루퉁하게 말했다.

"그럼 하려던 말이 뭐야?"

그때, 운동장에서 축구 경기가 끝났음을 알리는 호루라기 소리가 울려 왔다.

하늘이가 무어라 입을 열었지만 사람들의 환호성 속에 묻히고 말았다. 수영이는 힐끗 뒤를 돌아봤다. 하늘이의 손이 어느새 수영이의 손목을 조심스레 붙들고 있었다.

"너는, 어때?"

하늘이의 얼굴이 붉어져 있었다. 이런 상황은 수영이가 시크릿 노트에 미처 적어 두지 못했던 전개였다. 단거리 선수들은 집합하라는 안내 방송이 다시 한번 울려 퍼졌다.

"나, 가야 해."

수영이는 달렸다. 달리는 줄도 모르고 내달렸다. 2등을 했지만 그런 건 아무래도 상관없었다. 수영이는 하늘이 곁에 와서 섰다. 숨이 가빴다. 얼굴이 새빨개져 있었다. 아, 이런 상기된 얼굴은 이제 막 달리고 왔기 때문이라고. 손부채질을 하며 괜스레 덥다는 시늉을 해 보였다.

"그러던가."

수영이가 말했다.

"어?"

"사귀자며. 그럼 사귀어 보던가."

"너, 도망친 거 아니었어?"

수영이는 씨익 웃고 말았다.

"아니거든. 경기에 늦으면 안 되잖아. 내가 선수인데."

수영이 머릿속에 수많은 질문이 왔다 갔다 하는 사이, 그새 영우가 다가와 호들갑을 떨며 말했다.

"으앗! 우리 식구 또 늘었다용! 또롱이가 어디서 눈이 맞았는지, 동네 아저씨가 새끼 강아지를 한 마리 데려왔송. 아이고!"

영우는 이마를 두드리며 머리가 아픈 척했지만 웃는 얼굴이었다.

이번엔 이어달리기 선수들을 집합시키는 확성기 소리가 들려왔다. 영우는 해란이가 시키는 대로 열심히 어깨 마사지를 해 주고 있었다.

수영이는 자신도 모르게 중얼거렸다.

"아, 완주할 수 있으려나."

하늘이가 수영이의 어깨를 두드렸다.

"수영아, 한번 해 보기라도 해!"

수영이가 가늘게 하늘이를 쳐다봤다.

"민수영, 박해란, 파이팅!"

영우가 폴짝폴짝 뛰며 소리쳤다. 하늘이가 수영이에게 물통을 건넸다.

"완주할 수 없을지도 몰라."

하늘이는 수영이에게 한쪽 눈을 찡긋하며 말을 이었다.

"그래서 재밌는 거잖아!"

이어달리기 선수들이 하나둘씩 입장하기 시작했다. 운동장 반 바퀴를 돌고 바구니에서 뽑은 종이에 적힌 미션을 수행한 뒤 남은 반 바퀴를 돌아 다음 선수에게 바통을 넘겨주면 된다.

수영이는 출발점에 섰다. 출발을 알리는 소리와 함께 안간힘을 다해 앞만 보고 내달렸다. 시작이 좋았다. 한데 미션 종이에 적힌 문장을 본 순간, 수영이는 입술을 지그시 물고 말았다.

[담임 선생님을 찾아 함께 손을 잡고 달릴 것]

수영이는 초조하게 운동장을 두리번거렸다. 반 아이들을 향해 선생님을 찾아야 한다고 손짓 발짓으로 전했다. 응원 도구를 들고 있던 아이들이 자리에 털썩 주저앉았다. 선생님을 대신할 만한 사람이 있을까. 찬찬히 운동장을 둘러보던 그 순간! 수영이의 눈이 동그래졌다. 거짓말처럼 운동장으로 걸어 들어오고 있는 선생님이 보였다. 수영이와 눈이 마주친 선생님이 빙긋 웃으며 손을 흔들어 보였다.

떠나서 돌아오지 않는 사람은 수도 없이 봐 왔다. 남겨진 엄마가 아파하는 모습도 늘 지켜봐 왔다. 선생님이 다시 돌아올 거란 믿음은 수영이에겐 어쩌면 작은 판타지와도 같았다. 한번 우리를 떠났으니 절대 다시 오지 않을 거야, 했던 마음이 쨍 내리쬔 햇빛에 하얗게 가려졌다. 선생님이 돌아왔다!

"어? 선생님이다!"

"뭐야, 진짜 선생님이네!"

반 아이들이 웅성거리는 소리가 여기까지 들려왔다.

선생님은 긴 레인을 헤엄치고 올라온 수영 선수처럼 팔을 높이 뻗어 반 아이들을 향해 손을 흔들었다. 잠을 실컷 자고 일어난 사람처럼 개운한 얼굴이었고, 어딘가 모르게 차분한 웃음이 바람을 타고 잔잔히 흐르고 있었다.

"민수영, 뭐 하냐! 빨랑 가서 꽉 잡아라!"

"다시 달아날 수 없게 단단히 잡아!"

영우의 목소리가 귓전에 들려왔다. 수영이는 다시 자세를 잡고 선생님을 향해 내달리기 시작했다.

"수영이, 안녕?"

선생님이 먼저 인사를 했지만 수영이는 선생님의 손부터 잡았다. 누가 먼저 인사를 하는가 따윈 의미가 없다는 것을, 수영이는 그 순간 깨달았다. 중요한 건 잘 헤어지고 잘 만남에 있다고. 선생님도 우리도 아직 그 일에 서툴렀던 것뿐이라고. 무엇보다 이 달리기의 끝은 알 수 없지만 우리가 함께 내달려야 할 시간이었다.

수영이는 수학 문제집에서는 만나 본 적 없는 새로운 문제의 새로운 답을 찾은 것만 같았다.

"민수영 잘하고 있어! 지금처럼만 달려!"

다음 주자로 기다리고 있던 해란이가 소리쳤다.

수영이는 해란이에게 답하듯 힘껏 달렸다.

반 친구들의 응원을 받으며 선생님과 함께 달리고 있는 이 순간이 더할 나위 없이 기뻤다. 어디에 갔었느냐고, 왜 이제야 돌아온 거냐고 묻는 대신 수영이는 선생님의 손을 더욱 꽉 움켜쥐었다. 그리고 반 친구들을 향해 보란 듯이 여유 있는 승리의 브이를 그려 보였다.

다시, 힘을 내서 선생님과 귀엽게 다투고 화해할 시간이 찾아왔다. 그런 앙증맞은 만남에 모두가 신이 나 들떠 있었다.

"계속 함께 달리자!"

선생님의 목소리에 수영이는 고개를 끄덕했다.

낮달과 해가 데칼코마니 같은 하늘 아래 뜨거운 환호성이 솟아 올랐다.

글쓴이의 말

· · ·

마음을 표현하는 것이 얼마나 중요한가 생각하곤 합니다.

고맙고 사랑하는 마음을 전하는 것만큼이나

슬프고 화가 나는 마음을 내보이는 것 또한 중요하지요.

때때로 눈물을 너무 오래 참다 보면

가슴속에 단단한 여드름이 돋아나는 듯

뻐근한 통증이 느껴져요.

마음이 곪지 않도록 가끔은 시원스레 울 줄도 아는,

저는 그런 사람이 되고자 노력 중입니다.

조금은 서툴더라도

감정을 표현할 줄 아는 사람이 사랑스럽습니다.

'아프지만 내가 참아야지.', '너무 힘들지만 나라도 웃어야지.'

이런 생각은 성숙하고 어른스러운 게 아니라

괴롭고 재미없는 하루하루를 불러오는 주문과도 같아요.

무언가를 견디고 버티기만 하다 보면

참고 웃어야만 하는 역할은

언제나 내 몫이 되어 버리고 마니까요.

죽도록 하기 싫은 건

하지 않고 살아갈 수 있는,

행복이 다가올 때 낯가리지 않고

와락 껴안을 수 있는 우리이길 바라며.

소중한 나의 가족과

정성스레 책을 엮어 주신 '탐' 출판사에 고마움을 전합니다.

전아리

교실을 나간 선생님

초판 1쇄   2022년 1월 26일
초판 3쇄   2023년 6월 5일

지은이   전아리

책임편집   이슬, 신정선
마케팅   강백산, 강지연
디자인   이정화

펴낸이   이재일
펴낸곳   토토북
주소   04034 서울시 마포구 양화로11길 18, 3층 (서교동, 원오빌딩)
전화   02-332-6255
팩스   02-6919-2854
홈페이지   www.totobook.com
전자우편   totobooks@hanmail.net
출판등록   2002년 5월 30일 제10-2394호
ISBN   978-89-6496-462-0 43810